世界少年经典文学丛书

茶花女

[法]小仲马　著

郝胜男　编译

中国出版集团　现代出版社

图书在版编目(CIP)数据

茶花女／（法）小仲马（Dumas,A.）著；郝胜男编译. —北京：现代出版社，2013.2 （2025.1重印）

ISBN 978－7－5143－1323－9

Ⅰ. ①茶… Ⅱ. ①小… ②郝… Ⅲ. ①长篇小说－法国－近代－缩写 Ⅳ. ①I565.44

中国版本图书馆 CIP 数据核字（2013）第 022151 号

作　　者	小仲马
责任编辑	刘　刚
出版发行	现代出版社
通讯地址	北京市安定门外安华里 504 号
邮政编码	100011
电　　话	010－64267325　64245264(传真)
网　　址	www. xdcbs. com
电子邮箱	xiandai@ cnpitc. com. cn
印　　刷	三河市嵩川印刷有限公司
开　　本	700mm×1000mm　1/16
印　　张	9
版　　次	2013 年 2 月第 1 版　2025年 1 月第 4 次印刷
书　　号	ISBN 978－7－5143－1323－9
定　　价	39.80 元

序　言

孩子是未来的希望，是父母心中的天使，是充满快乐的精灵。小学阶段更是孩子最快乐的时光，是孩子成长发育的黄金阶段。为了让孩子学习更多的课外知识，享受更加丰富的学习乐趣，我们策划了本丛书！

从小让孩子多读课外书，对培养孩子健康的心态和正确的人生观无疑将起着非常重要的作用。自《语文课程标准》公布以来，不少富有敬业精神、有才干的教师，在他们的教学中，担当起阅读教育的重担。他们在严谨的选材中，利用丰富的文学资源，向学生推荐了大量优秀的课外读物，实施了以“练成阅读和作文的熟练技能”为重要内容的阅读教育。大千世界充满了丰富的知识。阅读能丰富小学生的语文知识，增强阅读能力，提高写作水平，开阔视野，增长智慧。阅读本丛书，能够使孩子享受到阅读的快乐，激发起更浓厚的阅读兴趣，孩子的生活将充满新的活力与幸福！本丛书精选了世界名著和中国经典书目中流传最广、影响最大、最脍炙人口的作品，是培养小学生理解能力、记忆能力、创造能力的最佳课外读物。

最后需要指出的是，本丛书把世界上流传甚广的经典童话、寓言等也尽收其中，并将这些文学作品重新编写审订，使作品在不影响原著的基础上更适合少年儿童阅读，在丰富他们课余生活的同时提高语言和文字表达能力。本丛书通过科学简明的体例、丰富精美的图片等有机结合，使小读者不仅能直观地领略作品的精髓，而且还能获得更为广阔的文化视野和愉快体验。希望本丛书能成为孩子生活的一缕阳光照亮孩子前进的道路，能成为一丝雨露滋润孩子纯净的心灵。

编　者

目　录

第一章

我认为要创造人物必须先深刻地研究人，就好比是只有认真学习了一种语言才能运用自如。

在我还难以自由创造时，就只好平铺直叙了。因此，我恳请读者们不要怀疑这个故事的真实性，除了女主人公以外，故事里的所有人物都还健在。此外，我在这里所记录的大量事实的见证人就生活在巴黎，他们也可以出面为我做证。由于特殊缘故，只有我才能写下这些实情，因为这件事的唯一知情者就是我。若没有那些详细而真实的情节就难以讲述出一个完整而感人的故事。

事情的经过是这样的：一八四七年三月十二日，我在拉菲特街看到一张黄色的宣称将拍卖大量家具和珍奇古玩的巨幅广告。这次拍卖是在物主死后举行的。广告上没有提及死者的名字，只是通知拍卖将于十六日中午十二点到下午五点在昂坦街九号举行。

广告上还附带通知，允许大家在十三日和十四日两天参观住宅和家具。我素来是个古玩爱好者，自然不愿良机错失，即使不买，也要去看看。

第二天，我就去了昂坦街九号，尽管时间尚早，但是套房内已有不少参观者了。那些贵妇人们虽然穿着天鹅绒的服装，披着羊绒披肩，大门口还有豪华的轿式马车在等候，但看到眼前的豪华陈设依然十分惊讶。

后来，我知道了她们如此惊讶和羡慕的原因，因为这房间是一个高级妓女的。如果说有什么东西吸引上流社会妇女，那就是高级妓女的室内陈设。贵妇人相较与这些高级妓女们的打扮也会相形见绌，她们在巴黎的各大歌剧院里同样拥有自己的包厢。在大街上，这些妓女招摇过市卖弄风骚，炫耀珠宝，张扬她们的风流韵事。

这所住宅里的妓女已经死了，这块富丽堂皇之地的污秽空气似乎因死亡而净化了。因此现在连最贞洁的女人都可以进入她的卧室。何况，倘若需要的话，她们可以托辞说她们前来是为拍卖，死者是谁并不知道。她们看到了广告，想来参观一下广告上介绍的东西，以便到时挑选，没有比这更平常的事了；而这并不妨碍她们从这些精致华丽的陈设里去寻找这个高级妓女的生活痕迹，一些有关这个妓女的离奇故事，想必她们早已听说了。

不幸的是，与这个绝代佳人一起消逝了也带走了那些神秘的事情。不管这些贵妇人们的期望有多大，她们只有赞叹死者身后要拍卖的东西的份儿，丝毫领略不到女主人生前的奢侈和豪华。

不过，可买的东西还真多：有布尔式的巴西香木家具、中国瓷器以及天鹅绒的绣品等等，琳琅满目，让人目不暇接。我跟着那些好奇的贵妇们漫步溜达在住宅里。梳妆间里摆放着无数名贵精致的梳妆用品。靠墙放着一张大桌子，三尺宽，六尺长，上面满是些黄金白银制成的妆扮用具。然而，这些物品只能是逐件收罗而来的，某个情夫一人是不可能办齐的。

此时，我看到一个妓女的梳妆间倒没有厌恶之感，不管是什么东西，我都饶有兴趣地细细鉴赏一番。我发现所有这些雕刻精湛的用具上都铭刻着各种不同的人名首字母和五花八门的标记。

我瞧着所有这些东西，每一件都不禁使我联想到那个可怜姑娘的一次肉体交易。心想，上帝对她格外眷顾，让她免受通常的那种惩罚，而是让她在晚年来临之前，在奢华的生活中，保持着美貌离开人间。对这些妓女而言，衰老是她们最凄惨的死亡。

的确，还有什么比放荡生活的晚年更凄惨的呢？这种晚年毫无尊严可言，不会引起别人的一线怜悯。这种深切的悔恨是人们所听到的最悲惨的事情，她们并非悔恨走过的邪恶道路，而是悔恨打错了算盘，滥用了金钱。

我曾认识一位红极一时的妓女，过去的风流生活只留给她一个女儿。据说，她女儿比她母亲年轻时的美貌有过之而无不及。这个妓女从来没有对这可怜的孩子说过：“你是我的女儿。”仅仅要她养老，就像她抚养了她的童年一样。这个可怜的孩子名叫路易丝，她违心地听从了母亲的安排，开始了卖笑生涯，好像在从事一种职业。

长期以来，耳濡目染的都是荒淫无耻的堕落生活，加上这个女孩子体弱多病，使她逐渐丧失了分辨对错的能力。也许，也将这种才智赋予过她，可是从没有人想到过让它得到施展。

我永远不会忘记这个年轻姑娘，她差不多每天总是在同一时刻从林荫道上走过。她的母亲始终陪伴着她，就像真正的母亲陪着心爱的女儿一样。那时的我很年轻，很容易沾染上那个时代道德观念淡薄的社会风尚。然而，回想起这种下流的监视，我心底还是感到鄙视和厌恶。

绝没有一个处女的面孔像她一样有那种天真无邪和忧郁痛苦的表情。那简直是一尊“顺从”的雕像。

一天，这个姑娘的脸上露出了喜色。在她母亲一手安排的堕落生活中，天主似乎允许这个女罪人得到一点儿幸福。毕竟，天主已经造就了她懦弱无力的性格，那么为什么不在她承受痛苦生活的重压时，给她一点点慰藉呢？这一天，她发觉自己怀孕了，她那仅存的纯洁天真使她开心得全身抖动。人的灵魂总有它无法理解的寄托。路易丝赶紧告诉她母亲这个让她欣喜若狂的消息。这实在令人羞于启齿，然而，我们并非在任意编造什么伤风败俗的事情，而是在讲一件真人真事。要是认为把这些女人的苦难公之于世实无必要，那还是索性保持缄默。人们总是谴责这些女人而又无视她们申诉，总是蔑视她们而又偏颇地评价她们，我认为这才是可耻的。可是那位母亲答复女儿说，她们俩已经艰难度日，三个人更是没法儿过了；再说，这样的孩子也是没有的好，腆着肚子不做买卖也是浪费时间。

第二天，一个产婆来看路易丝。之后，路易丝在床上躺了几天，下床后脸色比以往更苍白，身体也更虚弱了。

三个月以后，有一个出于怜悯的男人，设法医治她身心的创伤，但那次打击实在太厉害了。路易丝最终还是死于流产的后遗症。

她的母亲依然活着，生活得怎样呢？鬼晓得。

当我凝视着那些银器时，我的脑海里再次浮现出这个故事。时光在我的沉思已悄然逝去，屋里只剩下我和一个看守人，而他正站在门口严密地监视我是否在偷东西。

我走到这个看守人面前，他已被我弄得心神不定了。

“先生，”我说，“您能把这里住户的姓名告诉我吗？”

“玛格丽特·戈蒂埃小姐。”

我知道这个姑娘的名字，也见到过她。

“什么？”我吃惊了，“玛格丽特小姐死了？”

“是的，先生。”

“多长时间的事？”

“大概三个星期了吧。”

“为何要让人参观她的住宅呢？”

“债主们认为这样做可以抬高价钱，要知道，让大家事先看看这些东西可以招揽顾客。”

“这么说，她还欠着债？”

“哦，先生，她欠了不少债哪！”

“那拍卖的钱足可以抵债吧！”

“还有剩余。”

“剩下的钱给谁呢？”

“给她的家属啊！”

“她还有家吗？”

“好像有。”

“谢谢您，先生。”

看守人弄清了我的来意后感到放心了，对我行了一个礼。

“可怜的姑娘！”我回家时心里想，“她一定死得很惨，因为在她的生活圈子里，没有健康就失去了朋友。”于是，我情不自禁地对玛格丽特的命运产生了怜悯之情。

很多人对此可能会觉得十分可笑，但是我对妓女们怀有无限的宽容，甚至也不愿为此与人争辩。

一天，在去警察局取护照时，我瞥见邻街有个姑娘被两个警察押着。这个姑娘犯了什么罪我并不知道，只见她痛哭流涕地抱着一个才几个月大的婴儿亲吻，因为她被捕以后，母子就必须分离。从这天起，我就再也不轻易地鄙视一个女人了。

第二章

拍卖定于十六日举行。在参观和拍卖之间有一天空闲时间，这是留给地毯商拆卸壁毯等饰品。那时候，我从外地旅行刚回来，玛格丽特去世的事没有人告诉我。其实这也在情理之中，玛格丽特长得漂亮，但是，这些女人生前愈是闹得轰轰烈烈，她们死后也就愈悄无声息。她们就像那些星辰，陨落时和初升时一样黯淡无光。

如果她们年纪轻轻就死了，那么她们的所有情人会在同一时间得知死讯，因为在巴黎，一个名妓的所有情人差不多彼此都是密友。大家会谈论几件她的逸事，然后依然如常，丝毫不被这种事所干扰，甚至不会因此掉一滴眼泪。

如今，当人们到了二十五岁这年纪，眼泪变成了十分稀罕的东西，决不能随便为哪个女人乱流；顶多为供他们金钱花费的双亲才哭上几声，作为对他们的报答。

虽然在玛格丽特的任何物品上都找不到我姓名起首的字母，可是我刚才承认的那种出于本能的宽容和天生的怜悯，使我久久无法忘怀她的死，也许她并不值得我如此思念。

我记得过去在香榭丽舍大街上经常遇见玛格丽特，她乘坐一辆由两匹栗色马拉着的蓝色四轮轿式小马车。在她身上有一种异于众人的气质和风韵，使她更加楚楚动人。

这些可怜的女人们出门时身边总有人左右陪伴。因为没有一个男人愿意公开他们和这种女人的暧昧关系，而她们又不堪孤寂，因此总是随身带着女伴。这些陪客往往是些老妇人，她们没有车子，怎么打扮也不好看。倘若有人知道她们所陪伴的女主人的任何秘密，那么尽可以放心大胆地向她们求教。

但是，玛格丽特的情况却恰恰相反，她总是一个人乘坐马车到香榭丽舍大街，尽量不引人注意。冬天，她时常裹着一条宽大的羊绒披肩，夏天则经常穿十分朴素的长裙。虽然，有许多熟人在这条她喜欢散步的大街上，她偶尔也对他们微微一笑，但是这是一种只有公爵夫人才有的微笑，而且也唯有她们自己才能觉察得到。

她不像其他同行的姑娘那样，习惯散步在圆形广场和香榭丽舍大街之间。她的两匹快马把她拉到近郊的布洛涅树林，她在那里下车，漫步一小时后，重新登上马车，疾驰回家。

至今，她在我身边飞驰而过的情景还历历在目。我很为这位姑娘的早逝惋惜，就如同人们因一件精美的艺术品被完全毁掉而惋惜。

的确，玛格丽特是一位绝世佳人。

虽然她的个头有点高挑的夸张，但是她非常善于打扮，将衣服随心所欲地搭配一下就掩饰了天生的缺陷。她的羊绒披肩一直拖到地上，两边露出丝绸长裙的宽阔镶边；胸前放着厚实的暖手笼，四周围着巧妙缝制的褶皱，线条做工十分讲究，再挑剔的眼光来看，都是无可指责的。

她的头发很美，是一件绝妙的珍品，它很娇小，好像是她的母亲有意将它生得如此小巧，以便精心雕琢一番。

一对黑色明亮的眼睛，在那张漂亮无比的鹅蛋脸上，上面是两道美丽如画的月牙眉，长长的睫毛掩着眼眶，当双眼低垂时，给玫瑰色的脸上投去一抹淡淡的阴影。细巧、挺直的鼻子透出一股灵气，鼻翼微张，一张端正的小嘴轮廓分明，柔唇微起，露出一口洁白如玉的牙齿；那迷人的面孔好似蒙着一层无人触摸过的鲜桃绒衣。

满头光亮的秀发如同黑玉一般，像波浪一样卷曲着，在前额上形成宽阔的两绺飘洒在脑后。一副价值万余法郎的钻石耳坠挂在露出的两只耳垂上。

玛格丽特火热的生活为何会在她脸上留下纯真，甚至稚气的表情，这真使我们百思而不得其解。

玛格丽特有一幅肖像画是维达尔替她画的，也唯有维达尔的绝妙画笔才能将她画得如此惟妙惟肖。她死后，我珍藏了这幅画像。这幅画简直跟真人完全无二，而我可将此作为参考，来弥补我记忆缺失的地方。

在这一章叙述的细节中，我将后来才获悉的情况一并说起，免得以后开始讲述这个女人的故事时再去重新提起。

每逢剧场演出，玛格丽特必会光顾。她在剧场里或舞会上度过每个晚上。只要有新剧本上演，定会在剧场里看到她和她随身携带的三件宝贝：一架望远镜、一袋蜜饯和一束茶花。

每月中有二十五天她带的是白色山茶花，另外五天里则是红色的；可这样颜色变换的原因谁也不知道。在她常去的那几个剧院里，那些常客和她的朋友也同我一样注意到了这现象。

除了茶花以外，从来没有人看到过她带别的花。因此，在她常去买花的巴尔戎夫人的花店里，有人给她起了个“茶花女”的绰号。后来，这个绰号就广为人知。

此外，和所有生活在巴黎社交圈里的人一样，我知道玛格丽特曾当过那些时髦年轻人的情妇，她对此毫不隐讳，那些年轻人也以此炫耀，这说明情夫们和情妇都还相互满意。

然而，据说有一次从巴涅尔旅行回来后，三年之中她只跟一个外国的老公爵在一起。这个老公爵是个百万富翁，他试图让她脱离过去的生活，而且，看来她也心甘情愿地顺从了。

关于这件事，别人是这样告诉我的：

一八四二年春天，玛格丽特身体十分虚弱，气色日愈难看，医生们嘱咐她去温泉疗养，于是她动身去了巴涅尔。

在巴涅尔的病人中，有一位公爵的女儿，她和玛格丽特患有相同的病，而且容貌长得完全一样，以至于人们视她们为亲姐妹。只是这位可怜的小姐已经到了肺痨的晚期，玛格丽特到巴涅尔没几天，这位小姐便撒手人寰了。

就像有些人不愿意离开埋葬着亲人的地方一样，失去女儿的老公爵仍迟迟不忍离去。一天早晨，老公爵在一条小路的拐角处遇见了玛格丽特。

他仿佛看见眼前掠过自己女儿的影子，便走上前去拉住了她的手，老泪纵横地搂着她。甚至也不问清楚她是谁，就恳求她能允许自己去看望她，并且能把她当作自己死去的女儿那样来疼爱。

陪玛格丽特一起到巴涅尔去的只有她的侍女，她丝毫不担心会影响自己的名誉，于是就答应了公爵的请求。

在巴涅尔，玛格丽特的真实身份被有些熟悉的人郑重地告诉了老公爵。这对这位老人是一个打击，因为她再也不能与他的女儿相提并论了。但是，为时已晚，这位年轻的姑娘已成为他精神上的一种安慰，简直成了他生存下去的唯一寄托和希望。

他丝毫没有责备玛格丽特。但是他对玛格丽特说，如果她觉得可以改变一下她的那种生活方式的话，那么作为她的这种牺牲的交换条件，他愿意提供她所需要的一切。玛格丽特答应了这笔交易。

应当说明的是，天性热情的玛格丽特当时正在患病，在她看来患病的一个主要原因是过去的生活。一种迷信使她希望能用自己的悔恨和改变来换取上帝赐给她的美貌和健康。

果然，到夏末秋初的时候，由于洗温泉澡、散步、自然的体力消耗和正常的睡眠，她的健康基本恢复了。

老公爵陪同玛格丽特回到了巴黎，依然像在巴涅尔一样，他还时常来探望她。

他们这种关系，别人既不了解真正的原因，也不知道确切的动机，所以在巴黎引起的轰动很大。因为以万贯家财著称的公爵现在又以他的挥霍无度而闻名一时了。大家把老公爵和玛格丽特的亲密关系归之于老年人的贪淫好色，这是有钱老头常犯的毛病。人们做了种种猜测，就是未猜到真情。

其实，这位父亲对玛格丽特的感情是极其纯真的，除了父女式的情感交流之外，所有其他关系在公爵看来都意味着乱伦，他从未对她讲过一句不适宜女儿听的话。

我绝不想歪曲女主人公的所作所为。我只是说，当玛格丽还在巴涅尔的时候，她还是能够践行对公爵许下的诺言的，她也的确遵守了；但是一返回巴黎，这个对挥霍享乐、饮酒狂欢习以为常的姑娘似乎就按捺不住了，只有老公爵定期来访的生活使她寂寞得要死，过去生活的炽热气息一下子涌上了她的心头。

而且，玛格丽特从这次旅行回来以后显出从未有过的妩媚娇艳。她正值二十芳龄，虽然她的病看起来已大有好转，但是实际上并未根除。

公爵的朋友们总是说公爵与玛格丽特在一起有损公爵的名誉，他们不断地监视她的行动，试图抓住她不端的证据。一天，他们告诉公爵，玛格丽特在确信公爵不来看她的时候，接待了别人，而且这种接待通常持续到第二天。公爵听说了这些情况感到非常痛苦。

经过盘问，玛格丽特向他坦承了一切，还坦率地劝告他不要再管她的事了。因为她觉得自己无力遵守已许下的诺言，也不愿意再接受一个被她欺骗的男人的恩惠了。

整整一个星期公爵没有露面，他也只能做到这样了。到了第八天，他就去恳求玛格丽特仍旧像过去一样接待他，只要能够见到玛格丽特，公爵同意给她完全的自由。还向她发誓说，就算要了他的命，他也决不再说一句责备她的话了。

这就是玛格丽特回到巴黎后三个月的生活。

第三章

十六日下午一点钟光景，我到了昂坦街。

在车辆川流不息的大门口就听见了拍卖师的高声叫喊。好奇的人们将房间挤得满满的。

所有花街柳巷的名媛都到场了，有几个贵妇人在暗自偷看她们。这些贵妇们再次以参加拍卖为借口，细看那些她们从来没机会接触的女人们，也许她们私下暗暗羡慕这些女人自由放荡的享乐生活呢。

F 公爵夫人和 A 小姐擦肩而过，A 小姐是现在妓女圈子里最红颜薄命的一位；T 侯爵夫人正在犹豫要不要买下 D 夫人一个劲儿在抬价的那件家具，D 夫人则是眼下最风流的荡妇；还有 Y 公爵，在马德里风传他在巴黎破了产，而在巴黎又风传他在马德里破了产，实际上他根本花不完自己的年薪，这会儿他一面在跟 M 太太聊天，一面却在和 N 夫人暗送秋波；M 太太是一位风趣诙谐的讲故事好手，她常想写下自己讲的东西，并签上自己的大名；漂亮美艳的 N 夫人经常漫步于香榭丽舍大街，差不多一直穿着粉红或天蓝的衣服，为她驾车的是两匹高大的价值一万法郎的黑色骏马；最后还有 R 小姐，她仅靠自己的才能获取的财富就是上流社会贵妇们嫁妆的两倍，她无视天气寒冷前来竞拍，引来了人们的注意。

我们还可以举出聚集在这间屋里的很多人，他们在这里相遇使他们自己也感到惊讶无比，不过为了不使读者感到厌烦，就不再逐一述了。

所有在场的人都喜形于色，其中虽然有许多是死者生前的熟人，但这会儿似乎根本就没见过她，毫无怀念之情。

大家高谈阔论着，拍卖师声嘶力竭地叫喊着。坐在拍卖桌前板凳上的商人们拼命叫大家安静，好让他们安安稳稳地做生意，但谁也不理睬他们。从来没有见过像这样杂乱无章的聚会场面。

我默默混进这嘈杂的人群，想到可怜的姑娘就是在旁边的房间断了气，现在人们却在拍卖她的家具来抵债，我心里一阵难过。与其说我是来买东西的，还不如说我是来看热闹的。我望着几个拍卖商的脸，每当一件物品卖得超出了他们原定的价钱时，他们就喜笑颜开，心花怒放。

这些所谓上流社会的绅士，曾经在这个女人的卖笑生涯上进行过投机，在她身上捞足了好处；还在她弥留之际逼她还债；在她死后又摘取他们经过盘算的果实，收取他们可耻的贷款利息。

难怪古人说，商人和盗贼信的是同一个天主。说得一点儿没错啊。

长裙、羊绒披肩、首饰珠宝，一下子都卖完了。速度快得让人不可思议，可没有一件东西是我用得着的，所以我一直在等待。

突然，我听见有人在喊：

“精装书一册，装订考究，书边烫金，书名《玛侬·莱斯特》，扉页上还写着几个字，十法郎。”

好一阵冷场后，有个人叫道：“十二法郎。”

“十五法郎。”我接着报价。

我为何要出这个价呢？我自己也不太清楚，也许是为了第一页上写着的那些字吧。

“十五法郎。”拍卖师重复了一次。

“三十法郎。”第一个出价的人叫道，他的音调似乎在向刚才抬高价钱的人挑战。

于是，这就演变成了一场较量。

“三十五法郎。”我以同样的口气喊道。

“四十五法郎。”

“六十法郎。”

“八十法郎。”

“一百法郎。”

我承认，若是我想要引人注意的话，那么我已经完全达到目的了。因为在这一次加码竞手的时候，全场寂静无声，大家都瞅着我，想瞧瞧这位一心想得到这本书的先生是何许人也。

我最后一次叫价的口气似乎镇住了我的那位对手，他宁愿放弃这场竞争，因为它的结果只是使我付出这本书原价十倍的钱，他向我鞠了一躬——尽管有一点迟——非常客气地对我说："先生，我让给您。"

那时也没有别人再抬价，书就归我了。

因为担心自尊心会促使我买其他东西的念头，加上钱包里的确不足一百法郎，我便请人记下我的姓名，把书放在一边，走下楼来。想必那些目睹这场面的人肯定认为我很怪，他们肯定会暗暗思忖，花一百法郎买下这本书不知出于何种目的。像这样的书，不管在什么地方用上十法郎至多十五法郎就可以买到。

一小时以后，我叫人取回了我买下的书。

书的扉页上是赠书人用钢笔写的两行字：

玛侬对玛格丽特

惭愧

下面的署名是阿尔芒·迪瓦尔。

"惭愧"这两个字用在这里是何意呢？

在这位阿尔芒·迪瓦尔先生看来，是不是玛侬承认玛格丽特无论在生活放荡方面，还是在内心感情方面，更胜自己一筹呢？

另外在感情方面解释的可能性似乎要大一点，因为第一种解释是唐突无礼的，不管玛格丽特对自己有什么样的看法，她也是不会接受的。

后来，我又出了门，直到晚上睡觉时才想起这本书。

当然，《玛侬·莱斯特》是一个动人的故事，虽然我非常熟悉故事里的每个情节，可无论何时，只要手头有这本书，对它的喜爱之情依然吸引着我。我打开书本，眼前似乎又出现普莱服神父塑造的女主人公，这种情况差不多反复一百多次了。他将女主人公描绘得栩栩如生，真切动人。这时又出现了将玛侬和玛格丽特做比较的新情况，更增添了这本书对我的吸引力。我是更宽容玛格丽特了，并增添了几分怜悯，几乎是因为从她那里继承了一本书而产生的一种怜爱。玛侬在荒凉的沙漠里死去了，但她是死在一个真心爱她的情人怀里的。玛侬死后，她的情人为她挖了一个墓穴，他的眼泪洒落在她身上，连同着他的心一同埋葬起来了。而玛格丽特呢，她像玛侬一样是一个罪人，也可能已像玛侬一样改邪归正了，但正如我所见，她死在富丽奢华的环境里，死在她过去一直睡觉的床上；可是她的心是一片空虚，无异于被埋葬在沙漠里，而且这个沙漠比埋葬玛侬的沙漠更干燥、更荒凉、更无情。

我从几个了解她临终情况的朋友那里得知，玛格丽特在她长达两个月的病危期间，没有一个人到她床边给过她一丝真正的安慰。

由玛侬和玛格丽特的遭遇，我想到了我所认识的那些女人，我看见她们唱着歌走向永远千篇一律的死亡。

可怜的女人啊！如果爱她们是一种过错，那么起码也应该同情她们。同情见不到阳光的瞎子，同情听不到大自然之声的聋子，同情无法用言语表达思想的哑巴。但是在一种虚假的所谓廉耻的借口之下，人们却不愿同情这种心灵上的哑巴。这些残疾使痛苦不幸的女人们变得疯狂，使她们被逼无奈地看不见善良，听不到天主的声音，爱情和信仰也无法表达。

雨果刻画了玛丽翁·德·萝尔姆，缪塞创作了贝尔娜雷特，大仲马塑造了费尔南德。各个时期的杰出思想家和诗人都把仁慈的怜悯之心奉献给了妓女们。有时候，一个伟人挺身而出，用他的爱情、甚至以他的名誉来为她们恢复名誉。我之所以要再三强调这一点是因为在那些开始看我这本书的读者中间，可能有不少人已准备扔掉它，生怕这本书是专门为邪恶和淫欲辩护的，而作者的年龄更容易使人们产生这种担心。希望这些人不要这么想，如果真是出于以上原因，请继续读下去吧。

我只信守一个原则：没有受到过“善”的教育的女子，天主差不多总是向她们指出两条道路，让她们能够殊途同归地走到他面前，一条是痛苦之路，一条是爱情之路。这两条路走起来都非常艰难。走上这两条路的女人会两脚流血，两手破裂；与此同时，路途的荆棘会留下她们罪孽的盛装，赤裸裸地抵达旅途的尽头。在天主面前，这样是用不着脸红的。

人们遇见这些勇敢的旅行者应当帮助她们，并把遇见她们的事告诉所有人。因为在公开了这个情况的时候，也就指出了这条道路。

事情并非简单地在人生道路的入口处竖两块牌子：一块写着“善之路”，另一块写着“恶之路”。然后对走到路口的人们说：“选择吧！”而是必须像基督那样，向那些受到周围环境诱惑的人指明从第二条路通往第一条路的途径，尤其不能让这条路的开头那一段太险峻，显得过于难走。

基督教里有一个动人的寓言是关于浪子回头的，目的就是要劝告我们对人要仁慈、要宽容。那些深受情欲之害的灵魂备受耶稣的怜爱，他喜欢在包扎他们的伤口的时候，从伤口本身提取出疗伤的香膏敷在伤口上。因此，他对玛德莱娜说：“因为你曾经厚爱他人，所以你将获得宽恕。”这种崇高的宽恕行为自然唤起了一种崇高的信仰。

那么，我们为什么要比基督严厉呢？这个世界为了要显示它的强大，故作冷酷无情。为什么我们还要坚守对它的信念，并协同它一起把时常热度给那些流血的灵魂呢？从这些伤口里流出的是她们往日的不幸，就好像病人渗出了坏血一样。这些受伤的灵魂期待着一双友谊之手来包扎伤口，医治她们心灵的创伤。

在这里，我向社会呼吁，向那些认为伏尔泰先生的理论已荡然无存的人们呼吁，向那些像我一样深知十五年来人道主义正在突飞猛进的人呼吁：善与恶的学问已经得到了公认，信仰被重新建立，我们又恢复了对神圣事物的尊敬。如果还不能说这个世界是十全十美的，起码可以说比以前大有改善。一切有才能的人努力朝着同一个目标，所有意志高尚的人都坚持同一个原则：要善良，要朝气蓬勃，要真诚。邪恶只是一种虚荣，而我们要为善良的行为感到骄傲。最重要的是，我们千万不要丧失信心。不要鄙视那些既不是母亲、姐妹，又不是女儿、妻子的女人；不要减少对家庭的尊重；不要减少对自私的宽容。既然一个忏悔的罪人和一百个从来没有犯过罪的正直人相较上天更加喜欢前者，就让我们尽力让上天高兴吧。这样，它会加倍赐福给我们。让我们在前进的道路上，将宽容施舍给那些被尘世的欲望毁掉的人们。也许一种神圣的希望就可拯救她们，就像那些老太太在劝说人们接受她们的治疗方法时所说的：即使没有什么好处，也不会有什么坏处。

的确，我试图从细小的论题里得出伟大的结论，这似乎太狂妄、太大胆了，但是，我相信小处能包容一切，麻雀虽小，五脏俱全；脑袋虽然狭窄，却能蕴藏无限的思想；眼珠只不过一丁点儿大，但能极目海阔天空。

第四章

两天以后，拍卖全部结束，一共售得十五万法郎。

其中的三分之二被债主们瓜分，剩下的由玛格丽特的家属继承，她有一个姐姐和一个外甥女。

当公证人写信将这个情况告诉她姐姐时，她惊得目瞪口呆。这位年纪轻轻的姑娘已经有六七年没看见她的妹妹了。自从她妹妹失踪以后，没有人得到过任何有关她的消息。

于是，这位姐姐匆匆忙忙地赶到巴黎，那些熟识玛格丽特的人见到她唯一的女继承人竟然是一个健壮漂亮的乡下姑娘，都感到非常惊讶，这个姑娘还从未离开过家乡呢。

她顷刻间发了大财，也不知道这笔意外之财是从哪里来的。后来我听说，她回乡后虽然为妹妹的去世感到十分悲伤，然而她把这笔意外之财以四厘五的利息存了起来，使她的悲伤得到了补偿。

在写你丑闻之母的城市——巴黎，这些事情成了人们茶前饭后的话题；随着岁月的流逝，人们也就逐渐淡忘了。要不是我突然遇上了一件事，我几乎要忘记了我要关心这件事的原因。通过它，我了解了玛格丽特的身世和一些感人至深的详细情节。这使我产生了将这个故事写下的念头。

售完家具以后，那所空宅重新出租了。招租三四天以后，有人拉响了我家的门铃。

我的仆人去开了门，给我拿来一张名片，对我说来客要求见我。

我看了看这张名片，上面印着：阿尔芒·迪瓦尔。

我尽力回想在何处见到过这个名字，我记起了《玛侬·莱斯特》这本书的扉页上的文字。

送书给玛格丽特的人为何要找我呢？我马上吩咐请求见的那个人进来。

来访者是一个高个子金发青年。他脸色苍白，身着旅行服，好像有几天不曾脱下，甚至到了巴黎也没刷一下，因为上面满是尘土。

迪瓦尔先生显得十分激动，他也不想对他的情绪加以掩饰。

他眼里噙满了泪水，声音颤抖地对我说：

“先生，请原谅我这么衣冠不整，冒昧地来打扰您。不过年轻人是不怎么讲究这些俗套的。再说我还急于在今天就见到您。因此虽然我已把行李送到了旅馆，却没时间到旅馆去歇一下就立即赶到您这里来了。尽管时间尚早，我还是担心碰不到您。”

我请迪瓦尔先生坐在炉边，他边坐边从衣兜里掏出一块手帕，把脸捂了一会儿。

他忧伤地叹了口气说：“您一定不明白，一个素不相识的客人在这样的时间、这样穿着、这样哭泣来拜访您，究竟为何而来。先生，我的来意很简单，就是请您帮一个忙。”

“请讲吧，先生，我愿意为您效劳。”我回答。

“您参加了玛格丽特·戈蒂埃家的拍卖是吗？”

一提到玛格丽特的名字，这个年轻人暂已克制住的情感又无法控制，他不得不用双手捂住他的眼睛。

“您一定觉得我很可笑。”他又说，“请您再次原谅我如此失态的样子。您这么耐心地听我说，请相信，我是不会忘记您的这份好意的。”

“先生，”我对他说，“如果我真有什么可做的能稍许减轻您的痛苦，请尽管说，您会知道我非常乐于助人。”

迪瓦尔先生的痛苦实在令人同情，我禁不住想使他愉快一点。

于是，他问我：“在拍卖玛格丽特财产的时候，您是否买过什么东西？”

“是的，先生。我买了一本书。”

“是《玛侬·莱斯特》吧？”

“对啊!”

“这本书还在您这里吗?”

“在我卧室里。”

听到这个消息，阿尔芒·迪瓦尔如释重负立刻向我致谢，仿佛我保存这本书就已经帮了他的忙了。

于是，我站起身，走进卧室将书取来交给他。“就是这本。”他边说边看着第一页上的题词。

书页上摘落了两颗硕大的泪珠。

“那么，先生，”他抬起头来对我说，此时他根本无暇顾及去掩饰一下他曾经哭过，而且差不多又要哭了，“您很珍惜这本书吗?”

“您为什么要这样问，先生?”我说。

“因为我想恳求您把这本书让给我。”

“请原谅我的好奇心。”我说，“这本书是您送给玛格丽特·戈蒂埃的吗?”

“是的。”

“这本书归您啦，先生，您尽管拿去吧。我很高兴能将它物归原主。”

“但是……”迪瓦尔先生不好意思地说，“我起码该把您付的书钱还给您吧。”

“请允许我把它送给您。在这样一次拍卖中，区区一本书的价钱是无足轻重的，再说我也不记得这本书花了多少钱了。”

“您花了一百法郎。”

“是啊。”这次轮到我尴尬了，“可您怎么知道?”

“这很简单，我本想及时赶到巴黎参加玛格丽特的遗物拍卖，但是直到今天早晨我才赶到。我一心想得到她留下的一件物品，于是我就赶到拍卖师那里，请他查一下售出物品的买主名单。我查到是您买的这本书，就决定上这儿来请求您忍痛割爱，将它让给我。虽然您出的价钱使我担心您买这本书是否也会出于一种纪念?”

阿尔芒说这话的时候，眼里流露出担心的神色，他是怕我和玛格丽特之间也有他与她那样的深情厚义。于是，我赶快让他放心。

“我只是见过她而已，仅此而已。”我对他说，“一个年轻人对一个他喜欢遇见的漂亮女人的去世会产生的那种感受，就是我的感受了。我自己也不清楚想在那次拍卖中买些什么东西，后来一位先生跟我拼命抬价，似乎有意不让我得到这本书。这激起了我的好奇心理，才一个劲儿地跟他竞争这本书的。因此，我再跟您说一遍，这本书应当物归原主，不必像我从拍卖师手里得到它那样从我手里买回去。并愿这本书能有助于我们之间结成更深厚更长久的友谊。”

“好的，先生，”阿尔芒对我说，他紧握我的手，“那么，我就收下了，我将一辈子感激您。”

我很想向阿尔芒打听有关于玛格丽特的事，因为这本书扉页上的题词、这位风尘仆仆赶来的年轻人和他想拥有这本书的迫切心情，都引起了我的好奇心。但是我又不敢贸然向我的客人提出这些问题，生怕他以为我拒绝接受书钱是为了想干预他的私事。

可他似乎猜出了我的心思，对我说：

“您读过这本书吗？”

“读过了。”

“那么，您是怎么理解我写的两行字的？”

“我明白了，在您眼里，接受赠书的那位可怜姑娘的确与众不同，因此我不愿意将这两行文字看作一般的恭维。”

“您说得很对，先生。这位姑娘是个天使，给，请读读这封信吧。”他递给我一张信纸，显而易见，这封信已被看过多遍了。

我展开信纸，上面是这样写的：

我亲爱的阿尔芒，您的来信已收到，您的心依然如此的善良，我真要感谢天主。是的，我亲爱的朋友，我病了，而且是不治之症，可是您还乐意这样挂念我，这使我的痛苦大大减轻了。恐怕我快要死了，可能无有幸握住写下我刚收到的信的手了。如果有什么东西可以医好我的病，那就是这封信的话语。我再也见不到您了，您我之间远隔千里，而我又即将死亡。可怜的朋友！

您的玛格丽特目前已和人前完全不一样了。与其看她现在这副模样，还不如不再见她的好。您问我能否宽恕您！我心里早已原谅您。朋友，您以前待我不好恰恰证明了您是爱我的。我已卧病在床一个月了，我非常珍视您对我的尊重。每天我都写下记录我生活的日记，从我们分手的时候一直写到我不能握笔为止。

如果您真的关心我，阿尔芒，回来以后就去找朱迪·迪普拉。她会交给您这本日记。您在里面会找到我们之间所发生的事情的原因，以及我的解释。朱迪待我很好，我们时常谈起您。收到您的信时，她也在场，我们看信时都哭了。

如果我收不到您的回信，朱迪会负责在您回到法国的时候交给您这本日记。您不必为这事感谢我。这些日记使我每天都能重温我一生中仅有的幸福时光，这对我是有益的。如果您看了日记之后，能够谅解过去的事的话，那么对我而言就是得到了永久的安慰。

我想给您留点东西，好让您永远不要忘记我，可是我家里的所有东西都已被查封了，没有一样东西是属于我的了。

您明白吗，我的朋友？我就要死了，我在卧室里能听到客厅里看守人的脚步声，他是我的债主们派来的，目的是不准别人拿走任何东西。哪怕我不死，也已经身无一物了。只是指望他们等我死后再去拍卖。

啊！人是多么残酷无情！不！应该说天主是铁面无私的。

好吧，亲爱的！来参加我的财产拍卖吧！这样您就可以买到一些东西。因为哪怕我为您留下那么一点点小物品，倘若给人知道了，别人就可能控告您侵吞查封的财产。

就要离去的人是多么悲惨啊！

但愿天主慈悲，让我在死去之前再见你一面，看来我已不行了，永别了，我的朋友。原谅我无法再写下去了。那些说要治好我的病的人老给我放血，使我精疲力竭，我的手不听使唤了。

玛格丽特·戈蒂埃

的确，信的最后几个字写得模糊不清，几乎无法辨认。

我将信还给了阿尔芒。刚才在我看信的时候，他一定又在心里把它背诵了一遍。因为他接过信后对我说："谁能相信这是一个风尘女子的手笔呢?"

他激动地沉浸在回忆中，对着信上的字迹凝视好一会儿，然后把信拿到唇边吻了吻。

"当我想到，"他又说，"我不能在她死前见她一面，而且永远再也见不到她了；又想到她待我比亲姐妹还好，而我却让她这样死去，我怎么也无法原谅我自己。"

他继续伤心地说："死了！死了！她临死前还念着我，还写着信呼唤我的名字，亲爱的玛格丽特，您实在太可怜了。"

阿尔芒任凭自己思绪翻腾，热泪横流，一面握住我的手，一面继续说道：

"如果一个不相识的人看到我为这样一个女人的死如此悲痛，可能会觉得我太傻；那是因为他们不清楚我曾经给她带来的痛苦有多大，那时候我是多么狠心啊！而她又是那么善良，受尽了委屈。原来，我以为她应祈求我的饶恕；而今，我觉得自己不配得到她给我的宽恕。啊，如果能够在她脚下哭上一小时，要我少活十年也心甘情愿。"

不了解一个人为何而痛苦而要安慰他是很难的；然而，我对这个年轻人产生了强烈的同情心，他如此坦诚地对我吐露心中的悲伤，我因此而确信，他对我的话也不会无动于衷。于是，我告诉他：

"您有亲戚或是朋友吗？想开一些，去看看他们，他们会给您安慰，而我只能同情您。"

"您说得对。"他站起身来说，一面在我的房间里跨着大步走来走去，"我让您厌烦了，请原谅。我忽略了我的痛苦与您毫无关系，也没想到我跟您唠叨的那件事，您可能根本就不感兴趣的。"

"您误会我的意思啦，我非常愿意为您效劳；可惜我无法减轻您的痛苦。倘若我或者我的朋友们能解除您的忧伤，总之无论您在哪方面用得着我的话，我乐意为您效劳。"我解释说。

“对不起，对不起，”他对我说，“痛苦使我神经过敏，请让我再待一会儿，好让我擦干泪水，免得街上的行人视我为呆子，这么大的人还哭鼻子。您刚才给了我这本书，就够让我快活了，我不知道该如何报答您。”

“那么您就给我一点点友谊。”我对阿尔芒说，“告诉我您为何如此悲伤，把心里的痛苦倾诉出来，人就会感到轻松一些。”

“您说得有道理。”他说，“但是我今天只想哭，即使对您说了也会前后矛盾。改日我再告诉您这个故事吧，您就会明白我为这个可怜的姑娘感到伤心并不是毫无缘由的。而现在，”他最后一次擦了擦眼睛，对着镜子照了照，对我说，“希望您不要把我当作一个傻瓜，并允许我再来拜访您。”

这个年轻人的目光善良而温和，我几乎想要拥抱他。他呢，眼睛里又闪出了泪花；他觉察到我在看他，马上又把目光移开了。

“好吧，”我对他说，“要勇敢些，振作起来。”

“再见。”

他竭力忍住泪水，飞似的逃离了我家。

我掀起窗帘，看到他登上了在门口等他的轻便马车；刚进车厢，他的眼泪就不可控制了，他又掩面痛哭起来。

第五章

很长一段时间，阿尔芒杳无音讯，而玛格丽特倒经常有人提起。

我不知道您是否有过这样的感觉：一个似乎跟您素昧平生或者至少是毫无关系的人，一旦有人在您面前提到他的名字，跟这个人有关的种种细节琐事会逐渐变得翔实，您的朋友们也会与您谈起他们从前从未透露过的事情。您会发觉这个人好像就在您的身边，他曾多次走进您的生活，只是没被注意罢了。您会在别人对您讲述的事件中发现一种巧合，一种惊人的相似。我与玛格丽特并非如此，因为我曾经看见过她，遇到过她，熟悉她的相貌和习惯；不过，自从那次拍卖以后，我还时常听见有人提起这个名字。这种情况我在前一章曾提到，这个名字与无比巨大的悲痛牵扯在一起，因此我更为诧异，也更加好奇。

过去，我从来没有跟朋友们谈起过玛格丽特；而如今，我一碰到他们就问："您认识一个名叫玛格丽特·戈蒂埃的女人吗？"

"茶花女吗？"

"是的。"

"非常熟悉。"他们说这句话的时候，脸上带有一种暧昧的微笑。

"那么，这个姑娘怎么样呢？"我继续问道。

"一个好姑娘。"

"就这些吗？"

"我的天！是啊，比其他姑娘聪明一些，可能心地也善良一点。"

"您还知道她其他的事吗？"

"她曾经使G男爵倾家荡产。"

"就这些？"

“她给某个老公爵当过情妇。”

“这个消息确切吗?”

“大家都是这么说的。不管怎么说，这个老公爵给了她许多钱。”

听到的大都是这些泛泛之谈。

然而，我却非常想了解玛格丽特和阿尔芒之间交往的事情。

有一天，我遇到了一个人。这个人和那些风月场中的女人们交往甚密。于是，我问她:

“您认识玛格丽特·戈蒂埃吗?”

回答依然是:熟悉得很。

“她是个怎样的姑娘?”我继续问道。

“一个美丽而善良的姑娘。我非常伤心。”

“她有个情人是不是名叫阿尔芒·迪瓦尔?”

“一个金黄头发的高个子吗?”

“是的。”

“确实有这么件事情。”

“那么，阿尔芒是个怎样的人呢?”

“这个小伙子，我相信他和玛格丽特一起将自己仅有的一点儿钱挥霍一空，后来他只得离开她。听人说他因此差点儿发了疯。”

“那么玛格丽特呢?”

“她也非常爱他，大家都是这么说的。当然是她们那种女人的爱法，不过也不应该向她们要求她们难以给予的东西。”

“阿尔芒后来情况如何?”

“不知道。我们和他并不很熟。玛格丽特和他在乡下同居了五六个月。她回巴黎以后，他就走了。”

“后来您没再见过他吗?”

“没有。”

我也没再见过阿尔芒。我甚至在想，他来我家，是不是因为他知道玛格丽特刚刚之故的消息引发了旧情，所以才格外悲伤。也许他早就把再来看我的诺言置之脑后了。

对别人来说这极有可能，可是阿尔芒不会。他当时在绝望中的悲痛声调是发自内心的，这使我从一个极端走向了另一个极端，我想阿尔芒一定是忧怒成疾，我得不到他的任何消息，是因为他病了，抑或是死了。

我情不自禁地关心起这个年轻人来了，也许这种关心中掺杂着私心；也许在这痛苦之中我隐约看见一个动人凄迷的爱情故事。也可能是因为我迫切想知道这个故事，所以才对阿尔芒的音信全无感到如此忐忑不安。

既然迪瓦尔先生没有再来看我，我就决定到他家里去。去找他的借口并不难找，遗憾的是我不知道他的住址。我只能四处打听，可惜没人能告诉我。

于是，我就到昂坦街去打听。玛格丽特的看门人也许会知道阿尔芒的住址。可是，看门人已经换了一个新的，他跟我一样不了解。我问了戈蒂埃小姐葬在哪儿。回答是：蒙马特公墓。

四月已到，天气晴好，墓地不再像冬天那样显得阴森凄凉了。温暖的天气使活着的人想起了死去的人。我走向墓地，心想，只要察看一下墓地的情况，就可以知道阿尔芒是否继续在为玛格丽特悲伤，也能了解他的近况了。

我走进公墓看守人的房间，问他在二月二十二日那天，是不是有个名叫玛格丽特·戈蒂埃的女人葬在蒙马特公墓。那个人翻阅一本厚厚的簿子，上面记着所有进入这个最后归宿地的人的姓名、身份和编号。他回答我说，二月二十二日中午，确实有一个叫这个名字的女人在蒙马特公墓下葬。

我请他派人带我到她的坟墓上去。因为在这个死人的城市里，就像活人的城市一样，街道纵横交错。如果无人引导，很难辨清方向，于是，看守叫来一个园丁，并关照了他一些必要的事情，园丁插嘴说："啊，这座坟是很好认的啊！"

"为什么呢？"我问他。

"因为那坟墓上的花与众不同。"

"是您照管那座坟墓吗？"

"是的，先生。是一个年轻人把这座坟墓托付给我的，我希望所有的亲人都能像他那样关心他们死去的亲友。”拐了几个弯以后，园丁站住了，对我说：“瞧，我们到啦。”

果然，我的眼前呈现出一块方形花丛，若不是有一块刻着名字的白色大理石的话，谁也不会想到这是一座坟墓。

这块大理石笔直地竖在那儿，一圈铁栅栏把这块买下的坟地围了起来，上面盖满了白色的茶花。

“您觉得怎么样？”园丁问我说。

“好看极了。”

“只要有一朵茶花枯萎了，我就按照吩咐另换新的。”

“是谁叫你这么做的？”

“一个年轻人，他第一次来的时候哭得非常伤心。大概他是死者的一个老相好吧，因为听说这个女的很轻佻。据说她长得很标致。先生，您认得她吗？”

“认得。”

“就像那位先生一样。”园丁露出狡黠的微笑对我说。

“不，我从未和她说过话。”

“而您来到这里看她，您的心肠真好啊！真是很少有人到这里来看她。”

“您是说没有人来过？”

“除了那位年轻的先生来过一次以外，没有别人来过。”

“只来过一次？”

“是的，先生。”

“后来，他再也没来过吗？”

“没有。可是等他回来以后还会来。”

“这么说他是出远门了？”

“是的。”

“您知道他到哪儿去了吗？”

“我想他是去了戈蒂埃小姐的姐姐家里。”

“他为何要去那里？”

“他去请求玛格丽特的姐姐同意把死者挪个地方，他要把玛格丽特葬到别处去。”

“他为何要这样做呢？”

“您知道，先生，人们对于死人有多种看法。我们这种人每天都见到这样的事情。这块坟地的租用期才五年。这个年轻人想要有一块永久性出让的、面积更大一点的坟地，最好是新区里的地。”

“您说的新区是哪里？”

“就是左边正在出售的那块新墓地。如果这个公墓以前始终像现在那样管理，很可能是世界上绝无仅有的了。但是要使一切都做得那么十全十美，那还差得远呢。再说人们又是那么可笑。”

“您这是什么意思？”

“我说的意思是，有些人到了这里还要神气活现。这位戈蒂埃小姐看来生活有点放荡，请原谅我用了这个词。现在，这位可怜的小姐死了，但世上还有那么多像她这样的女人，人们毫不指责，每天还供着花钱；而现今，当葬在她旁边的那些死者的亲属了解到她是什么人时，他们竟然反对她埋葬在这里，还说这种女人应当像穷人一样葬在别的地方。您见过这种事吗，先生？我狠狠地把他们顶了回去。有些阔佬来看望他们死去的亲人，一年来不了四次，他们随便带上几朵花，那叫什么花呀！他们说是来哀悼死去的亲人却舍不得花钱修一下墓；他们在墓碑上写下自己怎样悲痛，却从未流过一滴眼泪，还要来打他们亲属坟墓邻居的麻烦。先生，我与这位小姐素不相识，我也不知道她做过些什么事，但是我喜欢她，这个可怜的小姑娘；我关心她，我给她拿来的茶花价格公道，她是我偏爱的死人。先生，我们这些人忙得几乎没有时间去爱别的东西了，我们只能爱死人。”

我看着这个人，不须我做过多的解释，当我听他讲这些话的时候，内心有多么激动。

他肯定觉察到了，继续说：

“据说这个姑娘曾使有些人倾家荡产，还给他说她有一批十分迷恋她的情人；然而，当我想到他们中没有人给他买朵花送来，我就感到奇怪与悲哀。不过，她也不必为此抱怨，因为她终归有自己的坟，虽说只有一个男人怀念她，但他的行为就足以抵得上其他所有人了。我们这里有一些经历与年龄与其相仿的可怜的姑娘，她们被扔进公共墓穴里。每天我看见她们可怜的尸体被扔进墓穴的时候，我的心总像被撕碎似的难受。一旦她们死了，谁也不再管她们了。干我们这一行的，如果还有些良心的话，是快活不起来的。可您说又有什么办法呢？我也是无能为力的啊！我有一个女儿，今年二十岁，长得很漂亮，每当有人送来一具与她年纪相仿的女尸时，我就想起了我的女儿；不管送来的是流浪女，还是阔小姐，我都禁不住要动感情。”

“这些恼人的事您一定听烦了吧，再说您到这里也不是来听故事的。他们让我带您到玛格丽特·戈蒂埃小姐的坟上来，瞧，这儿就是，您还需要我做点别的吗？”

“您是否知道阿尔芒·迪瓦尔先生的住址？”我问这位好心的园丁。

“知道，他住在……街，您看见这些花了吧，我就是到那儿去收买花的钱。”

“非常感谢，我的朋友。”

我望了望这座铺满茶花的坟墓，不由自主地产生了一个念头：想探测一下这座坟有多深，好看看被埋在泥土下的美丽女人变成什么样了，然后，我心情沉重地离开了玛格丽特的坟墓。

“先生，您想见迪瓦尔先生吗？”走在我身边的园丁又问道。

“是的。”

“我确信他还没有回来，否则，我肯定会在这里见到他的。”

“那么您可以肯定他还记着玛格丽特吗？”

“不但可以肯定，而且可以打赌。他想替玛格丽特迁坟只为再见她一次。”

“这是怎么回事？”

“上次他来公墓时的第一句话就是：‘有什么办法可以再见她一面？’这只有迁坟才可能做到。接着我就告诉他迁葬需要办的手续。因为您知道，要替死人迁葬，必须先验明尸身，而这又必须征得死者家属的同意，而且还得要警长主持。迪瓦尔先生去她家就是为了征得玛格丽特姐姐的同意，他若是回来了，肯定会先上我们这里来。”

我们走到墓地门口，我再次感谢了园丁，给了他一些酬劳。然后，便前往他告诉我的那个住址。

阿尔芒还没有回来。

我留了个口信给他，请他一回巴黎就来看我，或者让人告诉我上哪儿去找他。

第二天早晨，我就收到一封信是迪瓦尔先生的。他告诉我他已经回来了，请我到他家里去，还说他已精疲力竭而无力外出。

第六章

我去看阿尔芒的时候，他正躺在床上。

一看见我，就向我伸出滚烫的双手。

“您在发烧。”我对他说。

“没什么要紧，只是匆忙的旅程引起的疲劳而已。”

“您是从玛格丽特的姐姐家里来的吗？”

“是啊，您怎么知道的？”

“我已经知道这件事了，您想办的事有没有谈成？”

“谈成了，我这次旅行的目的是谁告诉您的？”

“公墓里的好心园丁。”

“您看过那座坟墓了？”

我几乎不敢回答，因为他说这话时的口气表明他的心情依然极其痛苦，就像我上次看见他的时候一样。每当他的思想或别人的话语触及这个令他伤心的话题时，很长时间内他都难以控制他那激动的情绪。

于是，我只好点点头，表明我已去过。

“墓照看得还好吧？”阿尔芒接着说。

两颗硕大的泪珠从他的面颊上滚落下来，他转过头想要避开我。而我装着没看见，并试图岔开话题。

“您走了有三个星期了吧？”我对他说。

阿尔芒用手擦掉眼泪，回答道：“刚好三个星期。”

“这趟出门时间可不短啊。”

“啊，不过我并非一直在旅行，我病了两个星期。不然我早就回来了。可我一到这里就发烧，只好待在家里。”

“您的病没有完全好就回来啦。”

“如果我再在那儿待上一个星期，没准儿我会死在那里。”

“现在您已经回来了，就应当好好休息；您的朋友们会来看您的。我就算是第一个吧。”

“两个小时以后我就得起床。”

“那您太着急啦!”

“我一定要起来。”

“您有什么要这么急着办的事吗?”

“我必须去一趟警长那儿。”

“您为什么不委托别人去办呢？这样病情会加重的。”

“这是唯一能治好我的病的方法。我必须得见她一面。自从我得知她的死讯，特别是看到她的坟墓以后，我就再也难以安睡了。我无法想象我离开她时那么年轻美丽的女子现在竟然死了。我一定要亲眼目睹才能相信；我一定要看看天主把我如此心爱的人弄成了什么样子。也许我将要目睹的恐惧场面会驱走我痛苦的回忆，您会陪我去吗……如果您不介意的话。”

“她姐姐对您说什么了?”

“什么也没说。她听到有一个陌生人要买一块地替玛格丽特造一座坟墓，感到惊奇万分。她立即同意并在授权书上签了名。”

“听我的话，等您的病痊愈后再去办理迁墓的事吧。”

“不，您放心。我会好起来的。再说，它已成为我的一块心病，如果我不尽快办成这件事的话，我会发疯的。我向您发誓，只有在见过玛格丽特之后我才会平静下来。这可能是发烧时热切的渴望，不眠之夜谵妄发作时的反应；至于在见到她之后，我是否会成为像朗塞那样的苦修士，那就不得而知了。”

“这我明白。”我对阿尔芒说，“我会尽力帮助您的，您有没有见过朱迪·迪普拉?”

“见过。啊！就在我第一次回来的当天就见过她了。”

“她交给您玛格丽特托她保存的日记了吗?”

“在这儿呢。”

阿尔芒从枕头下抽出一卷纸，但是马上又把它塞了回去。“我要背下这些日记里写的所有东西。”他对我说，“三星期以来，我每天都要念上十遍。您以后也可以看看，不过要再过几天，等我稍微平静一些，才能向您解释这忏悔揭示的心迹和爱情。现在，我要请您办一件事。”

“什么事啊？”

“您是不是有辆马车停在下面？”

“是啊。”

“那么，请您拿着我的护照到邮局的邮件待领处问问有没有我的信件。我的父亲和妹妹给我的信想必都寄到巴黎来了。上次我如此匆忙离开了巴黎，临行前没来得及去打听一下。等您回来以后，我们再一起去通知警长明天迁葬的事。”

阿尔芒把护照交给我，我就前往让－雅克－卢梭大街。

那里有两封他的信，我取了信就返回来了。

当我回到他家的时候，阿尔芒已经穿戴整齐，准备出门了。

“谢谢，”他接过信对我说，“是啊，”他看了看信封上的地址接着说，“这是我父亲和妹妹寄给我的。他们一定还在疑惑我为什么没有回信。”

他拆开信，几乎没有看，只是匆匆瞥了一眼，片刻之后又重新折了信。

“我们走吧，”他对我说，“改天我再回信。”

我们到了警长那里，阿尔芒将玛格丽特姐姐的授权书交给了他。警长收下委托书后，交给阿尔芒一张公墓看守人的通知书：约定次日上午十点迁葬。我说定提前一小时去找阿尔芒，然后一同前往墓地。

我的确很想去看看现场迁坟的情景，说实话，我一夜都没睡好。连我的脑子都是乱哄哄的，更不用说阿尔芒的迫切心情了。

第二天早晨九点，当我走进他家时，他脸色苍白得吓人，不过显得还比较平静。

他对我笑了笑，伸过手来。

几支蜡烛都点完了，在出门之前，阿尔芒带上一封厚厚的信是写给他父亲的，信中肯定倾吐了他夜间的万端思绪。

半个小时以后，我们到达了蒙马特公墓。

警长已经在等我们了。

我们缓步走向玛格丽特的坟墓，警长走在前面，阿尔芒和我跟在后面几步远的地方。我不时感到我的同伴的胳膊在不停地抽搐着，像是有一股寒流突然穿过他的全身。于是，我望着他，他也深知我目光的含义，对我笑了笑。但从走出他家门之后，我们没讲过一句话。

快要走到那座坟墓时，阿尔芒停了下来，擦拭他那汗珠如雨的面孔。我也借此舒了口气，因为我自己的心也好像给老虎钳紧紧地钳住了似的。

在这种痛苦的场合，岂有什么乐趣可言！我们来到坟前的时候，园丁已经撤走了所有的花盆，也搬开了铁栅栏，有两个人正在刨土。阿尔芒靠在一棵树上注视着这一切，仿佛他全部的生命都凝聚在他的眼睛里了。

突然，一把鹤嘴锄碰到了一块石头，发出了刺耳的声音。一听到这个声音，阿尔芒像受到电击似的往后缩，并使劲握住我的手，捏得我手生疼。

一个掘墓人操起一把大铁锹，一点点地挖空墓穴；当只剩下盖在棺材上的石块时，他就一块块地往外扔。

我始终在观察阿尔芒，时刻担心高度紧张会使他突然昏倒；但是他双眼瞪得大大的直直地看着，一动不动，像发了疯似的。只有从他微微颤抖的脸颊和双唇上才看得出他那正处于极度紧张的状态之中的神经。

至于我，我所能说的就是我后悔不该来。

当棺木完全暴露出来以后，警长对掘墓工人们说："开棺。"这些人遵令行事，仿佛这是世界上最简单的事了。

棺材是橡木制成的，工人们开始把棺材盖上的螺钉拧松，潮湿的泥土使螺钉生了锈。费了好大劲儿才打开棺材，一股恶臭迎面扑来，尽管棺材四周都是芬芳的花草。

"啊！天哪！天哪！"阿尔芒喃喃自语道，脸色瞬间雪白。掘墓人也无法忍受，全都往后退。

尸体上罩着一块宽大的白色裹尸布，呈现人体的轮廓。尸布的一端已经完全腐烂，露出死者的一只脚。

我几乎要晕死过去了，就在我写下这几行文字的时候，这一幕景象似乎仍在眼前。

“快点。”警长说。

于是，工人动手拆开裹尸布，揭起一端，突然露出了玛格丽特的脸庞。

看了这情景真叫人害怕，讲述起来也使人不寒而栗。眼睛只剩下两个窟窿，嘴唇已烂掉了，雪白的牙齿紧紧地咬住。长长的干枯的黑发贴在太阳穴上，稀稀拉拉地掩盖着深深凹陷下去的青灰色面颊。然而，我还是能从这张脸上辨认出我过去多次见过的白皙、红润和欢乐的脸庞。

阿尔芒无法从这张脸上将视线移开，他把手帕放在嘴边咬着。我仿佛觉得头上紧箍着一只铁环，眼前一片模糊，耳朵里嗡嗡作响，我只能把带在身边以防万一的一只嗅盐瓶打开，拼命猛吸。

正在我头晕目眩的时候，听到警长在跟迪瓦尔先生说：“认出来了吗？”

“认出来了。”阿尔芒声音低沉地回答道。

“那么就盖棺材，运走。”警长说。

掘墓工人在死者的脸上盖上好裹尸布，盖上棺盖，向指定的方向走去。

阿尔芒站着一动不动，两眼凝视着这个已空的墓穴，脸色就好像我们刚才看见的死尸那样惨白……他似乎已变成一块石头了。

我明白那个场面过去后会减轻痛苦，但也可能会因此无力支持下去。

我走到警长身边指着阿尔芒说：“这位先生还有必要在场吗？”

“不必了，”他对我说，“而且我还建议您带走他，他好像不太舒服。”

“走吧！”于是我搀起阿尔芒的胳膊说。

“什么？”他看着我，好像已不认识似的。

“事情办完了，”我又说，“现在您该走了，您脸色苍白，身体发冷，这样激动会将身体弄垮的。”

“您说得对，我们该走了。”他木然地回答，但没有挪动一步。我只好抓住他的胳膊，拖着他往前走。他像个孩子似的跟着我，嘴里不时嘟囔着："您看见那双眼睛了吗……"说着，他又回过头去，仿佛这双眼睛在召唤着他。

这时，他的步履已变得踉踉跄跄；他的牙齿咯咯作响；双手冰凉，全身都在神经质地抖动。我跟他说话，他一句也没有回答。他唯一能做的，就是由我拖着走。

真是凑巧，一到门口我们就找到一辆马车。他刚上到在车里，抽搐得就更加厉害了，完全陷入歇斯底里的发作之中。然而，他还担心吓着我，紧握住我的手，喃喃地说：

"没什么，没什么，我只是想哭。"

我听到他在喘着粗气，他的眼睛里一下子布满了血丝，但没有眼泪。

我让他闻了闻我刚才用过的嗅盐瓶。我们回到他家里时，他还在浑身发抖。我在仆人的帮助下把他扶到床上，叫人在房间里生上旺火，然后连忙跑去找医生，把刚才发生的情况对他讲述了一遍。

医生赶来了。阿尔芒脸色发紫，迷迷糊糊、结结巴巴地说出一些没头绪的胡话，只有玛格丽特的名字才叫人听得清楚。

"您看……"医生检查完毕后，我问他。

"是这样，他患的是脑热病，算他好运，本来他是会发疯的。幸亏肉体上的病将精神上的病冲淡了。一个月以后，他这两种病或许都能够治好。"

第七章

有些疾病干脆爽快，要么一下子要了人的命，要么过不了几天就痊愈。阿尔芒患的正是这样的病。

半个月以后，阿尔芒已逐渐康复，我们彼此已成为好友。在他患病期间，我几乎没有离开过他的房间。

春天来临，到处是鲜花、绿叶、小鸟和歌唱。阿尔芒房间的窗户开着，正朝着花园，花园里的怡人气息阵阵向他袭来。

医生已经允许他起床活动。从中午十二点到下午两点这段阳光最暖和的时候，我们经常坐在窗边聊天。

我一直避免再提到玛格丽特，生怕这个名字会使情绪已安定下来的病人重新想起伤心事；但是阿尔芒完全相反，他似乎很愿意谈到她，也不再像过去那样一谈起她就眼泪汪汪的，而是面带轻松的微笑，这使我对他的精神状态放心了。

我注意到，自从他上次去了墓地，那场迁墓的情景引起他病情大发作之后，疾病似乎已经赶走了精神的痛苦，对于玛格丽特的死，他的想法和以前发生了变化。亲眼所见反而使他得到了一种安慰，为了将经常在他眼前出现的阴暗形象驱走，他一直沉浸在与玛格丽特交往的幸福回忆中，除此之外似乎不愿意去想任何东西。

阿尔芒大病初愈，身体还非常虚弱，再也无法承受精神上的强烈刺激。阿尔芒被春天大自然欣欣向荣的景象围绕着，使他情不自禁地回忆起过去的欢乐时光。

他一直不肯告诉家里病危的情况，直到他脱离险境，他的父亲还被蒙在鼓里。

一天傍晚，我们坐在窗前。那天天气特别好，太阳在西山撒下了一片金灿灿的晚霞。虽说我们身处巴黎，但四周葱翠的草木仿佛使我们远离尘世，除了偶尔传来的马车声搅乱了我们的谈话。

“大概也就在这个季节，像这样的傍晚，我认识了玛格丽特。”阿尔芒对我说，他只想着自己的心思，并没注意我说的话。

过了一会儿，他转过头来对我说：“我必须给您讲讲这个故事；您可以把它写成一本书，别人未必相信，但写这本书也许会很有趣。”

“过几天再讲吧，我的朋友，”我对他说，“您的身体还没有完全恢复呢。”

“今天晚上很暖和，我也吃过了鸡肉，”他微笑着对我说，“我已经不发烧了，我们也闲来无事，就让我一五一十地告诉您吧。”

“既然您执意要讲，那我就洗耳恭听。”

“其实，这个故事很简单，”他接着说，“我就按事情发生的先后顺序讲给您听。如果以后您用来写点什么，随您怎么写都可以。”

下面就是他叙述的情况，对这个动人的故事我几乎是没做改动。

是的——阿尔芒把头枕在安乐椅背上，接着说道——是的，就是在这样一个傍晚。我和我的朋友R·加斯东在乡下玩了一天，傍晚我们回到了巴黎。因为闲得无聊，我们就去杂耍剧院看戏。

在一次幕间休息时，我们走到走廊里，看见走过一个身材颀长的女人，我朋友跟她打了个招呼。

“您在跟谁打招呼？”我问。

“玛格丽特·戈蒂埃。”他回答说。

“她的模样完全变了，我差点儿没认出她来。”我说话时很激动，至于原因，您待会儿就明白了。

“她生过一场病，这可怜的姑娘活不长了。”

我对这些话语记忆犹新，就好比是我昨天听到的。您该知道，我的朋友，两年以来，每当我遇见这个姑娘，心中总会升起一股奇特的感觉。我会莫名其妙地脸色泛白，心跳加速。我有个研究神秘学的朋友，他把我的这种感觉叫作“流体的亲合力”；而我却很简单地相信我迟早要爱上玛格丽特的，这是命中注定的，我当时就有这种预感。

她总是给我留下深刻的印象，我的几位朋友是亲眼所见的，当他们得知我的这个印象来自何人时都大笑不止。

在交易所广场旁的一家著名时装店门口那是我们第一次相遇。一辆敞篷四轮车停在那儿，一个身着白色礼服的女子走下车来。她走进商店的时候引来一阵阵低声的赞叹声。而我就像被钉在了地上似的，站在那里丝毫没动。透过玻璃，我看着她在店铺那里选购东西。我本来也可以进去的，可是我不敢。不知道这个女孩是谁，生怕我进去的目的被他猜到，并因此而生气。然而当时，我也没想到以后还会见到她。

她的服饰极其雅致，穿着一件细纱长裙，镶满了花边，肩上披一块上面绣着金线与丝花的印度方巾，头戴一顶意大利草帽，腕上有一只手镯，是很流行的粗金链子。

接着，她又登上她的敞篷马车走了。

店里的一个小伙计站在门口，目送这位风姿绰约的女士乘车远去，我走到他身边，请他告诉我这位女子的名字。

“她是玛格丽特·戈蒂埃小姐。”他回答道。

我不敢询问她的住址便匆匆离开了。

过去，我也有过许多幻觉，事后就全都忘了；但是这一次是真人真事，所以脑海里始终有这个印象。于是，我到处寻找这个穿白色长裙的绝色美人。

几天以后，在巴黎喜剧院举行了一场盛大的演出。我也去了。我在台前旁侧的包厢里看到的第一个人就是玛格丽特·戈蒂埃。

我的那位年轻同伴也认识她，因为他叫着她的名字对我说：“快看！这个美丽的姑娘！”

这时，玛格丽特正好拿着望远镜朝我们这边看，她看到了我的朋友，便对他微微一笑，做了个手势要他过去看她。

“我去问候她一下马上回来。”他说。

我情不自禁地说：“您真幸福。”

“为什么？”

“因为您能去见这位姑娘。”

“您是不是爱上她了?”

“没有，”我涨红了脸说，因为我实在不知怎样回答是好，“但是我很想认识她。”

“那就跟我来吧，我替您引见。”

“请您首先征得她的同意吧。”

“啊！真是的！跟她在一起是不用拘束的。”

我心里很为他的这番话难受，我害怕因此而证明玛格丽特不值得我动真情。

在阿尔封斯·卡尔的一本题为《烟雾》的小说中，有一个男人每天晚上跟在一个极为标致的女人后面，因为她长得太美了，他对她一见钟情。为了吻这个女子的纤手，他觉得自己有了敢做任何事的力量和勇气。这个女人怕衣服沾上泥土，提了一下裙子，露出一段迷人的小腿，他几乎不敢正眼去看。正当他梦想着如何才能得到这个女人的时候，她却在一个街角留住了他，问他是否愿意上楼到她家里去。然而，他却掉头而去，穿过大街，惶惶不安地逃回家去了。

我回想起这段描述。我本来准备为爱这个女子受些折磨，我担心她及早地接受我，过于匆忙地爱上我；而我宁愿经过长期等待，历尽艰辛以后才得到这种爱情。我们这些男人，就是这样，热衷于想象和灵魂的梦幻，觉得只有这样才是无比幸福的。

总之，倘若有人对我说：“今天晚上您就可以拥有这个女人，但是明天您就得被人杀死。”我会接受的。倘若有人对我说：“拿出十个路易来，你就可以成为她的情人。”我会拒绝，而且会痛哭一场，就像一个孩子醒来时不见了夜间梦到的城堡一样。

然而，我的确很想认识她；这是想了解她是怎样一个人的唯一方法。于是我对我的朋友说，一定要他先征得玛格丽特的同意以后，再把我介绍给她，我独自徘徊在走廊里，想象着马上就要见到她的景象；也不知道在她的目光下怎样举手投足为好。我尽量考虑好我要对她说的话。

爱情是多么纯洁，多么天真无邪啊！

一会儿，我的朋友下来了。

“她在等我们。”他对我说。

“只有她一个人吗?”我问。

“还有一个女伴。”

“没有男人吗?”

“没有。”

“我们去吧。”

说完，我的朋友就走向了剧场的大门口。

“喂，不是从那儿走的呀。”我对他说。

“我们先去买些蜜饯，是玛格丽特要我买的。”我们走进剧院入口处的一家糖果店，我真想买下整个铺子。当我正在为该买些什么东西而犹豫的时候，我的朋友开口了。

“请来一斤冰糖葡萄。”

“您知道她爱吃这个吗?”

“她从来不吃别的蜜饯，这是人所共知的。”

“啊!”当我们走出店铺时他继续说道，“您知道我要把您介绍给什么样的女人吗?您别以为是把您介绍给一位公爵夫人，她只是一个妓女而已，一个纯粹的妓女。亲爱的朋友，您不必拘束，想说什么就说什么好了。”

“好的，好的。”我结结巴巴地说。

我跟在他后面，克制着我激动的情绪。

当我走进包厢时，玛格丽特放声大笑起来。

我倒是希望看到她表情忧伤的样子。

我的朋友把我介绍给她，玛格丽特对我微微点了点头，接着说：“我的蜜饯呢?”

“在这儿。”

她接过冰糖葡萄时看着我。我低垂下眼睛，脸涨得绯红。她俯身在她邻座的那个女人耳边轻轻地耳语几句话，随后两人都放声大笑起来。

不用说我成了她们的笑料，我也因此显得更加窘迫。那时，我有一个小家碧玉、温柔多情的情妇。她那些多情而又伤感的情书常常惹得我发笑，从我此时的感受，我终于明白了我从前对她的态度一定使她非常痛苦，在不过五分钟的时间里，我对她的爱就达到了前所未有的程度。

玛格丽特吃着她的葡萄，不再理我了。

我的介绍人不愿让我陷入这种尴尬而又滑稽的境地。“玛格丽特，”他说，“您不必奇怪迪瓦尔先生对您一言不发，您把他弄得惊惶失措，他连该说什么话也不知道了。”

“我看您是因为一个人来觉得无聊才请这位先生来作陪的。”

“如果真是这样的话，”我开口说道，“那么我就不会请欧内斯特先来征得您同意再把我介绍给您了。”

“这很可能是一种拖延这个倒霉时刻的办法。”

曾经跟玛格丽特那样的姑娘有过一些交往，谁都会知道她们喜欢故做风趣，喜欢捉弄跟她们初次见面的人。这无疑是报复那些每天迫使她们受侮辱的男人们。

因此要适应她们，就必须有她们那个阶层的某种习惯，而我缺少这种习惯，所以过去对玛格丽特有偏好的看法，使我觉得她的玩笑有些过火。于是，我站起身，用一种我无法掩饰的变调声音对她说：

“小姐，如果您是如此评价我的话，那么只能请您原谅我的冒失；我不得不向您告辞，我保证以后再也不来打搅您了。”

说完，我行了个礼便走了出来。

我刚刚关上门就听见第三次哄笑。这时，我真希望有人来撞我一下。

我回到了我的座位上。

这时开幕的铃声响了。

欧内斯特回到我的身边。“您这是怎么了？”他一面坐下来一面对我说，“她们以为您发疯了。”

“我走了以后玛格丽特说了什么？”

“她笑了，她说从未见过像您这样可笑的人；但是，您也不必以为自己失败了，对这种姑娘不必那么认真；她们对什么是风度，什么是礼貌一窍不通。这就像给狗洒香水一样，它们总觉得味道难闻，要跑到沟里去打打滚。”

“算了，我毫不在乎。”我尽量装得毫不介意，说，“我再也不要见到这种女人了。如果说我在认识她以前对她尚存好感的话，那么现在，情况就完全改变了。”

“好啦！我相信迟早有一天我会看见您坐在她的包厢里，也会听到您为她倾家荡产的消息。虽说您可能有道理，她没有教养，但是，她是一个值得弄到手的漂亮情妇。”

幸亏拉开了帷幕，我的朋友没有再讲下去。要让我告诉您舞台上表演了些什么是不可能的。我只记得不时抬头张望我刚才匆匆离去的包厢，那里新的来访者络绎不绝。

可我根本就忘不了玛格丽特，即便是倾家荡产也在所不惜在我脑子里浮现出另外一种想法。我觉得不该念念不忘她对我的侮辱和自己的笨拙可笑。我要得到这个姑娘。

演出还没有结束，玛格丽特和她的朋友就离开了包厢。

我不由自主地离开了自己的座位。

“您要走吗？”欧内斯特问。

“是的。”

“为什么？”

这时，他发现那个包厢已经空了。

“去吧，去吧，”他说，“祝您好运，万事顺利。”

我走出了剧院。

我听到楼梯上传来窸窣的衣裙声和说话声。我闪到一边不让人看见，只见两个青年陪着这两个女子走过。在宽敞的前厅里，一个小仆人向她们走来。

“去告诉马车夫在英格兰咖啡馆门前等。”玛格丽特说，“我们步行去那里。”

几分钟之后，我闲逛在林荫大道上，看到在那家咖啡馆的一间大房间窗口，玛格丽特正靠着窗栏，将那束山茶花的花瓣一瓣一瓣地摘下。

一个青年正俯在她的肩后窃窃私语着什么。

我走进了附近的金屋咖啡店，坐在二楼的楼厅里，目不转睛地盯着那个窗口。

深夜一点钟，玛格丽特和她的三个朋友一起登上了马车。于是，我也跳上一辆马车尾随其后。

她的车子停在昂坦街九号门前。

玛格丽特走下车，独自一人回到家里。

这或许是一种巧合，然而它却使我感到很幸福。

从那天起，我经常在剧场、在香榭丽舍大街遇见玛格丽特，她总是那样快活，而我总是那样激动。

然而，一连有两个星期我在哪儿都没有遇到她。在遇到加斯东的时候，我就向他打听玛格丽特的消息。

“这个可怜的姑娘病得很重。”他回答我说。

“她得的是什么病?”

“她本来就有肺病，而她的这种生活是无法让她调养好的。现在她卧床不起，快要死了。”

人心真是难以捉摸。我听到她的病情几乎感到非常高兴。

我每天去探听她的病情，但既不报姓名，也不留下我的名片。这样我得知她已经康复，并动身去巴涅尔了。

随着时光的流逝，如果不能说是我逐渐地忘了她，那就是她给我的印象慢慢地淡薄了。外出旅游、和亲友往来、生活琐事和日常工作冲淡了我对她的思念，当我想起第一次相遇时的情景，我所看到的只是年轻人才会有的一种激情，过了不久自己也觉得好笑。

再说，我能够忘却前情也没有什么可炫耀的，因为自从她去巴涅尔后我就再也没有见过她，因此，就像我刚才跟您说的那样，在杂耍剧院的走廊里当她从我身边走过的时候，我已经认不出她了。

她蒙着面纱，这是真的；但是倘若在两年以前，就是她戴着面纱，我也能一眼认出她来，就是猜也能猜出来了。

当我知道是她时，我的心不由得怦怦直跳；两年没见以及似乎由这场分别带来的后果只要稍微碰一下她的衣裙就会烟消云散了。

第八章

阿尔芒停顿了一会儿接着说，尽管我明白自己还在爱着她，但我感到自己比过去更坚强了，在我急切想与玛格丽特见面时，还想让她看看我现在比她优越得多。人们为了达到自己所企求的目的要走多少路，找多少理由啊！因此，我再也无法待在走廊里了，我回到正厅就坐，一面飞快地扫了一眼大厅，想看看她坐在哪个包厢里。

她独自一人坐在楼下台前的包厢里，她的模样变了，就像我刚才已经对您说过，她变了，在她的嘴上我再也看不到她那种满不在乎的微笑，她现在还没有彻底摆脱所受的痛苦。

尽管是四月份的天气，她穿得还是像在冬天里一样，全身都是天鹅绒的衣裳。

我目不转睛地看着她，终于引起了她的注意。她打量了我一会儿，又举起望远镜想把我看得更清楚些，她肯定觉得我有些面熟，但我是谁又想不起。因为当她放下望远镜时，一丝微笑挂在嘴角上，这种微笑是诱惑男人，好像在示意她在等待我的回礼。但是我对她的致意没有一点反应，似乎故意显得比她高贵，她以为看错了人，便掉转头去。

启幕了。

我在演出时多次观望玛格丽特，可是我从未见到她认认真真地看戏。而我呢，我对演出的兴趣也很淡，我只注意她，但尽量不让她察觉。

这样，我看到她与坐在她对面的包厢里的人交换眼色，便向那个包厢望去，原来坐在里面的是一个女人，我非常熟悉。这个女人从前也是妓女，曾经打算进戏班子，但是失败了，后来依靠她和巴黎一些时髦女人的关系，开了一家妇女时装店。我从她身上找到了一个办法能跟玛格丽特会面，趁她往我这边瞧的时候，我用手势和眼色向她致意。

事情果然和我预料的那样，她招呼我到她包厢里去。

那位妇女时装店的老板娘芳名叫普丽当丝·迪韦尔诺瓦，是一个四十来岁的胖女人，向这样的女人打听事情，不必费什么外交手腕，她们就会告诉您，何况我想问她的事情又是如此简单。

我趁她又要跟玛格丽特打招呼的时候问她说："是谁在和您打招呼呀？"

"玛格丽特·戈蒂埃。"

"您认识她吗？"

"认识，我是她的时装商，她是我的邻居。"

"那么您也住在昂坦街？"

"七号，我们两个的梳妆间的窗户正好相对。"

"大家都说她是个很有魅力的姑娘。"

"您不认识她吗？"

"不认识！但是我很想认识她。"

"您是否要我叫她到我们的包厢里来？"

"不要，最好还是您把我介绍给她。"

"在她家里吗？"

"是的。"

"这有点儿难！"

"为什么？"

"因为她有一个非常嫉妒的老公爵护着她。"

"监护，那真太妙了。"

"是啊。"普丽当丝接着说，"可怜的老头儿，做她的情夫可真够麻烦的呢！"

普丽当丝于是把玛格丽特是如何在巴涅尔认识公爵的经过告诉了我。

"就是因为这个缘故，"我继续说，"她才一个人上这儿来的吗？"

"对啊。"

"可是谁陪她回去呢？"

“他。”

“那么他要来陪她回去，是吗?”

“过一会儿。”

“那您，谁陪您回去呢?”

“没人。”

“那我陪您回去吧。”

“可是我想您有个朋友和您在一起。”

“那我们一起陪您。”

“您的朋友是个怎样的人?”

“是个十分英俊、机灵的小伙子，认识您他会很高兴的。”

“那好，说定了，等这幕戏完了以后我们三人一起走，我已经看过最后一幕了。”

“我非常乐意，我就去告诉我的朋友。”

“去吧。”

“啊!”就在我要走出去的时候，普丽当丝对我说：“您瞧，那个公爵走进玛格丽特的包厢了。”

我朝那儿望去。

一个七十岁的老头儿刚刚坐在这个年轻的女人身后，还把一袋蜜饯递给她，她赶紧笑眯眯地从纸袋里掏出蜜饯，然后又把那袋蜜饯递送到包厢前面，向普丽当丝扬了扬，意思是说：“您要不要来一点?”

“不要。”普丽当丝说。

玛格丽特拿起那袋蜜饯，转过身去，开始与公爵谈话。

赘述所有细节像有些孩子气似的，但是和这个姑娘有关的一切都鲜明地留在我的脑海里，今天我情不自禁地回想起来了。

我下楼告诉加斯东我刚才为他和自己做的安排。

他同意了。

我们离开座位走向迪韦尔诺瓦夫人的包厢。

我们刚打开正厅的门，不得不站住，让玛格丽特和公爵走过去。

我真愿意用我十年的生命来换得这个老先生所处的位置。

走上林荫道后，他让她坐上一辆四轮敞篷马车。他自己驾着车。两匹漂亮的马快步带他们走了。

我们走进了普丽当丝的包厢。

当戏演完后，我们走出剧院坐上一辆平常的出租马车，车子把我们送到了昂坦街七号。到了普丽当丝家门口，她邀请我们上楼到她家里去参观她引以自豪的那些商品，她对她的店感到很自豪。不难想象我是多么迫切地接受了她的邀请。

我仿佛觉得自己还在一步步地向玛格丽特靠拢，不多会儿我就把话题转到玛格丽特身上。

“那个老公爵在您的女邻居家里吗?”我问普丽当丝。

“不在，她现在应该是一个人。”

“那她一定会感到寂寞的。”加斯东说。

“我们几乎每晚都在一起度过，或者是她回来时就叫我过去，夜里两点以前她从不睡觉，早了她睡不着。”

“为什么?”

“因为她有肺病，她几乎一直在发烧。”

“她没有情人吗?”我问。

“每次直到我离开她家时，我从来没有见过任何人留在她那儿，但我并不是说我走后没有任何人来。晚上我经常在她家里遇到一位N伯爵，这位伯爵自以为只要经常在晚上十一时去拜访她，她要多少首饰就给她多少首饰，这样可以博取她的欢心，可是她非常厌恶他。她错了，他可是个阔少爷。我经常对她说：‘亲爱的孩子，他是您需要的男人!’但是毫无用处。她平时很听我的话，可听了这话却转过身去，说他太蠢了。说他蠢，我承认，但是对她来说总算有个地位，说不定哪一天那个老公爵就要归天的。他什么也不会给玛格丽特留的。老年人都是自私的；他的家人总是责怪他喜欢玛格丽特。我和她讲道理，想说服她，她总是回答我，公爵死后再嫁给伯爵也不迟。我非常清楚像她这样的生活并不总是很有趣的，这种生活我可受不了，我会叫这老家伙很快滚蛋。这个老头叫人腻烦死了，他把她叫作女儿，就像照顾一个孩子似的照顾她，他一直在监视她，我可以肯定此刻就有一个在街上转悠的仆人，看看有谁从她屋里出来，尤其是看看有谁走进她的屋子。”

“啊，可怜的玛格丽特！”加斯东边说边坐到钢琴前，弹起了一首圆舞曲，“我不知道这些情况，不过我觉得她近来神情不像过去那么快乐了。”

“嘘！”普丽当丝一边说一边侧耳倾听。

加斯东停住了。

“好像她在叫我。”

我们一起侧耳倾听。

的确，有个在呼喊着普丽当丝的声音。

“那么，先生们，你们走吧。”迪韦尔诺瓦夫人对我们说。

“啊，这就是您说的好客。”加斯东笑着说，“在我们认为合适的时候我们会走的。”

“我们为什么要走？”

“我要到玛格丽特家里去。”

“我们就在这儿等着。”

“那更不行。”

“我认识玛格丽特，”加斯东说，“我完全可以去拜访她。”

“可是阿尔芒不认识她。”

“我来介绍。”

“那怎么行呢？”

我们又听到玛格丽特的叫声，她一直在叫普丽当丝。

普丽当丝跑进她的梳妆间。我和加斯东也跟了进去，她打开了窗户。我们两人躲了起来，不让外面的人看见。

“我叫您有十分钟了。”玛格丽特从她的窗口说，口气似乎有些生硬。

“您叫我干吗？”

“我要您马上过来。”

“为什么？”

“因为N伯爵还赖在这儿，我简直被他烦死了。”

“我现在不能来。”

“为什么?”

“我家里有两个年轻人，他们不肯走。”

“您告诉他们您必须出门。”

“我已经对他们说过了。”

“那么让他们待在您家好了，他们看见您走了，自然就走的。”

“他们会把我家里搞乱的。”

“那他们想怎么样?”

“他们想来见您!”

“他们叫什么名字?”

“有一位您认识的，他叫R·加斯东。”

“啊! 对，我认识他，那一位呢?”

“阿尔芒·迪瓦尔先生。您不认识他吧。”

“不认识，不过您带他们过来好了，见任何人都比见伯爵好。我等着您，快来吧!”

玛格丽特关上窗户，普丽当丝也关上了窗户。

玛格丽特刚才曾一度记起了我的面貌，但这会儿却记不起我的名字。我宁可她对我有不好的印象也不愿她忘记我。

“我早就知道她会高兴见到我们的。”

“高兴? 恐怕未必。”普丽当丝一面披上披肩，戴上帽子，一面回答说，“她是为了赶走伯爵才接待你们两位，你们要尽力表现出比他讨人喜欢，不然的话，我是了解玛格丽特这个人的，她会跟我闹别扭的。”

我们跟着普丽当丝下了楼。

我浑身哆嗦，仿佛预感到这次拜访会在我一生中产生巨大的影响。

我比那天晚上在歌剧院被领进包厢还要激动。

当走到我已熟悉的那座房子门前时，我的心狂乱直跳，脑子里已经糊里糊涂了。

几声钢琴的歌声飘到我们的耳际。

普丽当丝拉响门铃。

钢琴声停了下来。

为我们开门的是一个貌似伴娘而不像侍女的女人。

我们穿过大客厅，来到小客厅，就是您后来看到的那间小客厅。

壁炉上靠着一个年轻人。

玛格丽特坐在钢琴前面，心不在焉地在琴键上一遍又一遍地弹着她那弹不下去的曲子。

这场面，给人的印象是不痛快的，那个男人因为不受重视显得很尴尬，而这个女人却讨厌他让人厌烦的拜访。

一听到普丽当丝的声音，玛格丽特站起身来，向她投去一个表示感谢的眼色，她向我们迎上前来，对我们说：

“请进，先生们，欢迎光临。”

第九章

“晚上好，亲爱的加斯东，”玛格丽特对我的同伴说，“很高兴看到您，在杂耍剧院，您为何不到我包厢来？”

“我怕太冒失了。”

“既然是朋友，永远谈不上冒失。”玛格丽特刻意加重了朋友这两个字，仿佛她要使在场的人知道，尽管她亲热地接待加斯东，但他一直是个朋友。

“那么您允许我介绍阿尔芒·迪瓦尔先生吗？”

“我已经允许普丽当丝这么做了。”

“再说，小姐，”我鞠着躬，终于说出了勉强让人能听清几个发音的句子，“我早就有幸被人向您介绍过了。”

从玛格丽特那迷人的眼睛里看得出她似乎在回忆，但是她一点儿也想不起来，或者是看起来她似乎想不起来。

“小姐，”我又说，“您忘记了那第一次的介绍我很感激，因为我那时很可笑，一定使您觉得很讨厌。这是两年前在歌剧院的事，和我在一起的是欧内斯特。”

“唷，我想起来了！”玛格丽特微笑着说，“那时候不是您可笑，而是我爱恶作剧，就像现在一样，不过比以前好多了。您已经原谅我了吗，先生？”

她把手递给我，我吻了一下。

“真的，”她又说，“您想想，我有一个坏习惯，就是喜欢捉弄我第一次见到的人。这样做其实很傻的，我的医生对我说，这是因为我有些神经质，并且总有病，请相信医生所言吧。”

“可是看来您身体很好！”

“啊，我生过一场大病。”

“我知道。”

“是谁告诉您的？”

“大家都知道。我经常来打听您的消息，后来我很高兴地知道您的病好了。”

“从来没有人给我您的名片。”

“我从来不留名片。”

“据说有一个青年每天都来打听我的病情，但始终不愿留下姓名，那个人就是您吗？”

“正是。”

“那么说，您宽宏大量，而且心肠不错。伯爵，您可做不到。”她看了我一眼。女人们喜欢用这种目光来补足她们对一个男人的看法，然后转身对 N 先生说。

“我认识您才两个月。”伯爵辩解道。

“而这位先生认识我仅五分钟而已，您尽讲蠢话。”

女人们总是冷酷地对待她们讨厌的人。

伯爵满脸通红，咬着嘴唇。

我同情他，因为他好像和我一样坠入了情网，玛格丽特无情的直言肯定使他极其难堪，特别是当着两个陌生人的面。

“我们进来的时候，您正在弹琴。”我想岔开话题，就说道，“请您把我们当老朋友看待，继续弹下去好吗？”

“啊！”她一面说一面跌坐在长沙发上，并且示意要我们也坐上去，“加斯东完全知道我弹的是什么样的曲子。当我独自和伯爵在一起时弹弹还可以，但是我可不愿意让你们两位遭这份罪。”

“您对我还有种偏爱吗？”N 先生带着机灵的和讽刺的微笑反问道。

“您这就会错意了，我仅指这件事而已。”

这个可怜的年轻人一下无从回答了，他简直像哀求似的望了这个姑娘一眼。

“说吧，普丽当丝，”她继续说，“我请您做的事您做了吗？”

“做了。”

“那好，过一会儿告诉我好了，我们有些事要谈谈。在我和您谈话以前您不要离开。”

“我们一定太冒昧了，”我说道，“现在我们，不如说是我吧，已经被再次引见，那么就忘掉第一次介绍吧。加斯东和我，失陪了。”

“我绝对没有这个意思。这话不是对你们说的，相反，我倒希望你们能留下来。”

伯爵掏出一块非常精致的表，看了看时间。

“时候到了，我该去俱乐部了。”他说。

玛格丽特一声也不吭。

于是伯爵离开了壁炉，走到她面前说：“再见，小姐。”

玛格丽特站了起来。

“再见，我亲爱的伯爵，您这就走吗？”

“是的，我怕让您厌烦。”

“您今天并不比往常更使我讨厌，何时能再见到您啊？”

“当您允许的时候。”

“那么就再见吧！”

您得承认这真是残酷。

幸好伯爵受过良好的教育，又很有涵养，他吻了吻玛格丽特不太情愿伸给他的手，向我们行了个礼就走了。

在他迈出门口的时候，看着普丽当丝。

普丽当丝耸耸肩膀，意思是说：“我又有什么办法呢？我已做了我所能做的。”

“纳尼娜，”玛格丽特叫道，“给伯爵先生照路。”

我们听到开门和关门的声音。

“好啦，”玛格丽特转回头时大声说道，“他终于走了，这个叫我讨厌透了的家伙。”

“我亲爱的孩子，”普丽当丝说，“您对他真是太绝情了，他对您有多好，看，在您的壁炉上他还送给您的一块表，它起码值三千法郎，我敢肯定。”

迪韦尔诺瓦夫人走近壁炉，拿起那块她说的珍贵的表，并用贪婪的眼光注视着它。

“我亲爱的，”玛格丽特坐到钢琴前说道，“当我衡量他送给我的东西和他对我说的话时，我觉得接受他来访还是太便宜了他。”

“这个可怜的孩子，他爱您。”

“如果一定要我听所有爱我的人说话，恐怕连吃饭的时间都没有了。”

她的手指在钢琴上跳跃，然后转过身对我们说：

“你们想吃点什么吗？我呢，很想喝一点潘趣酒。”

“我想吃点鸡肉。”普丽当丝说，“我们是不是吃点夜宵？”

“好啊，我们出去吃夜宵。”加斯东说。

“不，我们就在这里吃。”

她拉响了铃。纳尼娜进来了。

“吩咐准备夜宵！”

“吃些什么呢？”

“随你怎么办，就是要快点，快！”

纳尼娜出去了。

“好啰，”玛格丽特像个孩子似的跳着说，“我们要吃夜宵啦。那个猪头猪脑的伯爵真讨厌。”

这个女人我越看越入迷，她美得让人心醉，就连她的削瘦也成了一种风韵。

无以表达心中的想法，我对她的生活充满宽容，对她的美貌赞赏不已，她不接受一个风度翩翩和准备为她倾家荡产的富有的年轻人，我为此而原谅了她过去的所有的过失。

看得出在她放荡的生活中还保留着纯洁的本性。她举止稳重，体态婀娜，粉红色的鼻孔微微张开，四周有一圈淡蓝色的大眼睛，表明她是一种天生热情的人，在她的周围散发一种肉欲的芬香，就好像东方的那些小酒瓶，不管封闭得怎样严密依然逸出酒香来。

不知是由于她的气质，还是由于她疾病的症状，欲望的火花不时在这个女人的眼里闪，这种现象对她曾经爱过的人来说，也许等于是一种天启。难以计数的人爱过玛格丽特，而她爱过的人却还数不上。

总之，这个姑娘似乎是一个失足成为妓女的童贞女，又仿佛是一个很容易成为最多情、最纯洁的贞节女子的妓女。在玛格丽特身上还存在着两种感情：骄傲与独立。这两种感情在受了挫伤以后，仍然还有羞耻的感觉。我一言不发，我的灵魂似乎钻到了我的心坎里，而我的心灵仿佛又钻到了我的眼睛里。

“这么说，”她突然又说，“在我生病的时候，就是您经常来探听我的病况?”

“是的。”

“您知道这样的举动是很高尚的，对吗？我怎样才能感谢您呢?”

“允许我经常来看您就行了。”

“只要您愿意，从下午五点到六点，从晚上十一点到午夜都可以，好吧，加斯东，请为我弹一曲《请跳华尔兹》。”

“为什么?”

“首先是因为我高兴，其次是因为我一个人总弹不好这曲子。”

“什么地方使您为难呢?”

“第三部分，有升号的那一段。”

加斯东站起身来，坐到钢琴前开始弹奏韦伯这段优美的旋律，在谱架上展开乐谱。

玛格丽特一只手撑在钢琴上，看着乐谱上的每一个音符，嘴里低吟着。当加斯东弹到她说的那一节的时候，她就一边唱一边用手指敲打着琴背：

“ré，mì，ré，do，ré，fa，mé，ró，这就是我弹不好的地方，请再弹一遍。”

加斯东又重新弹了一遍，弹完后，玛格丽特对他说：

“现在让我来试试。”

她坐下弹起来，但是她的手指不听使唤，在刚才说的那几个音符中总是出错。

“真使人难以相信。”她用一种近乎孩子气的腔调说道，“为什么我总弹不好这一段！您相信吗？有时我弹这段曲子一直弹到夜里两点！每当我想到这个蠢伯爵竟然不用乐谱就弹得那么好，我呀，就对他火冒三丈。”

她又重新弹奏了，但依然弹不好。

“让韦伯、曲谱和钢琴都见鬼去吧！”她一面说，一面把乐谱扔到了房间的另一头，“为什么我就是弹不好这八个连续的升号呢？”

她高叉着双臂看着我们，跺着脚。

她脸涨得通红，一阵轻微的咳嗽使她微微地张开了嘴。

“瞧，瞧，”普丽当丝说道，她脱下了帽子，对着镜子梳理紧贴在两鬓的头发，“您又生气了，会伤身体的，我们去吃夜宵吧，这样会好些，我快饿死了。”

玛格丽特又拉了拉铃，然后她又坐到钢琴前弹奏，嘴里低声唱一首轻佻的歌。在弹唱这首歌时，她一点错也没有出。

加斯东也会唱这首歌，他们就来了个二重唱。

“别唱这种轻浮歌曲了。”我以恳求的口气亲切地对玛格丽特说。

“啊，您是多么纯洁啊！”她微笑着对我说，一面把手伸给我。

“这不是为了我，而是为了您呀。”

玛格丽特做了个手势，意思是说，我早就不再贞洁了。

这时，纳尼娜进来了。

“准备好夜宵了吗？”玛格丽特问。

“小姐，马上就好了。”

“对了，”普丽当丝对我说，“您还没有参观过这屋子呢，来，我领您去看看。”

您知道，那客厅是个奇迹。

玛格丽特陪了我们一会儿，然后她叫了加斯东准备一起到餐厅去看夜宵好了没有。

“瞧！”普丽当丝望着一搁物架，从那儿拿起一尊萨克斯塑像，对玛格丽特高声说道，“我还不知道您有这个小玩意儿呢。”

“哪一个?”

“一个小牧人，手里拿着一只鸟笼，笼里有只鸟。”

“要是您喜欢，就拿去吧。”

“啊，只是我怕夺您所爱!”

“我觉得这个塑像太丑了，我原想把它送给侍女的，既然您喜欢，就拿去吧。”说完，她跟加斯东到了餐厅。

普丽当丝只看重礼物而不管它是怎么来的，她把塑像放在一边，领我到梳妆间，指着挂在那里的两幅对称的细密肖像画对我说：“这就是G伯爵，他曾经十分钟情玛格丽特，正是他使她扬名的。您认识他吗?”

“不认识。那么这一位呢?”我指着另一幅画像问道。

“这是小L子爵，他不得不离开了她。”

“为什么?”

“因为他差不多破产了，这又是一个爱上玛格丽特的人。”

“那么她肯定也爱他啰。”

“她是个十分古怪的姑娘，从来没有人摸得透她，小L子爵离开的那天晚上，她像往常一样在看戏，不过在他离开的时候她哭了。”

这时纳尼娜来了，告诉我们已经准备好了夜宵。

当我们走进餐厅时，玛格丽特倚着墙，加斯东握着她的手，轻声和她说话。

“您疯了。”玛格丽特叫道，“您很清楚我不会同意的，像我这样的女人，您认识有两年了，为何现在才想到要做我的情人呢。我们这些女人要么马上献出身体，要么永远别想沾她的边儿，来吧，先生们，请坐吧。”

玛格丽特从加斯东手里抽回手来，请他坐在她右面，我坐在左面，接着对纳尼娜说：“你先去关照厨房，有人拉铃别开门，然后你再来坐下。”

这时已经是深夜一点钟了。

吃夜宵的时候，大家嘻笑玩乐，吃了很多。过不多久，欢乐已经到了高潮，不时能够听到一些脏话，纳尼娜、玛格丽特、普丽当丝听了都为之雀跃。加斯东肆意地取乐，他是个心地很好的小伙子，只是小时的习惯弄坏了他的德性。我一度真想随波逐流，不要独善其身，来分享这种好像是夜宵中一道独特美味的菜肴般的欢乐，可是渐渐地我在这喧闹声中感到孤立，我的酒杯依然是满满的，看着这个二十岁的美丽女人喝酒，她那像脚夫一样粗鲁的谈笑，并且别人的话越是说得下流龌龊，她就笑得越厉害，我心情越来越忧郁了。

然而，这种欢乐、这种谈话和饮酒的方式，对在座的其他客人们似乎可以说是放荡、坏习气，而对玛格丽特却是为了忘记一切的需求，一种狂热，一种神经质的反应，每喝一杯香槟酒她的双颊就涌起发烧般的红晕。夜宵开始时，她还只是轻微咳嗽，慢慢地她越咳越厉害，不得不把头仰靠在椅背上，每当咳嗽发作时，她的双手便用力按住胸脯。

看到这个柔弱的姑娘每天都被生活伤害，我真为她心疼。

我预料的事终于发生了。就在夜宵结束时玛格丽特一阵咳嗽，这是我到她家里来她咳得最猛烈的一次，我觉得她的肺好像在她胸膛里被撕碎了。这可怜的姑娘，脸色变成了猪肝色。她痛苦地闭上眼睛，拿着餐巾擦着嘴唇，餐巾上随即染上了一滴鲜血，于是她站起身向梳妆间跑去。

“玛格丽特怎么啦?”加斯东问。

“她笑得太厉害，吐血了。”普丽当丝说，“啊，这不碍事的，她每天都这样。她就会回来的，让她单独待会儿，她喜欢这样。”

至于我，我无法忍受，不管普丽当丝和纳尼娜怎么惊讶地想叫住我，我还是跑着去找玛格丽特。

第十章

她躲进去的房间里只点着一支蜡烛，蜡烛放在桌子上。她仰面躺在一张大沙发上，裙衫松散，一只手按在胸口，另一只手垂着。

一个盛着半盆水的银盆放在桌上；水里的一缕缕血丝就像大理石的花纹一样。

玛格丽特脸色煞白，嘴半张着，尽力想透过气来。由于喘长气胸部不时地鼓起来，吐出气后，她似乎稍微轻松了一点，可以舒畅几秒钟。

我走近她身边，她一动不动，我坐下来握住她放在沙发上的那只手。

“啊，是您!”她微笑着对我说。

可能我神色惊慌，所以她又问：

“您也病了吗?”

“没有，可是您呢，您觉得还不舒服吗?”

“好多了。”她用手帕擦拭因咳嗽而淌出的泪水，“这种情况我已习以为常了。”

“小姐，您是在摧残自己。”我声音激动地说，“我愿做您的朋友，您的亲人，为的是阻止您这样糟蹋自己。”

“啊！这实在不值得您大惊小怪。”她带着有点辛酸的语调争辩说，“您看其他人是否还关心我？因为他们明白这种病是无药可救的。”

说完她站起身，拿起蜡烛，把它放在壁炉上，对着镜子看自己。

“我的脸色多么苍白啊!”她边说边系好裙衫，用手理了理散乱的头发，“好了，我们回到桌上去吧，走吧。”

但是我坐着不动。

她深知这幕情景给我造成的激动，走近我把手伸给我说：

“看您，来吧。”我拿起她的手，放在唇边吻着，我克制了很久的两行泪水流落在她的手上。

“唉，多孩子气。”她说着又坐到我的身边，“瞧，您哭了，怎么啦?”

“您一定以为我有点傻，可我刚才看到的场面使我非常难过。”

“您心肠真好！可是又有什么办法呢？我晚上睡不好，需要点这样的消遣，再说像我这样的姑娘，多一个不多少一个不少。医生对我说，这是支气管咯血，我假装相信他们的话，我对他们还能怎样呢?”

“听我说，玛格丽特。”我再也无法抑制自己的感情了，就说：“我不知道您将会怎样影响我的一生，但我所知道的就是眼下我最关心的就是你，我对您的关心超过了我的妹妹，从我见到您时就有了这种心情。好了，看在上帝的份上，好好珍惜自己的身体吧，别再像现在这样糟蹋自己了。”

“如果让我保重自己，我反而会死去，现在正是这种狂热的生活支撑着我。保养，对有家庭、有朋友的上流社会的妇女是好事，但是我们，一旦我们无法满足情人的虚荣心，不能供他们寻欢作乐，就会被抛弃。漫长的白天之后就是无际的夜晚。这些事我很清楚，我曾在床上躺了两个月，三个星期后就没有人来看我了。”

“我对您来说确实算不了什么。”我接着说，“但是，如果您不介意的话，我会像一个兄弟那样来照顾您，不离开您，我会治好您的病。当您康复后，倘若您觉得合适，您可以恢复现在的生活，但可以肯定，您一定会喜欢过清静的生活的，它会使您更加幸福，并且保持您的美貌。”

“今天晚上您这样想，那是因为您酒后伤感，但是您不会有您自夸的那份耐心的。”

“请允许我对您说，玛格丽特，您生了两个月的病，在这两个月里，我每天都来探听您的病情。”

“一点没错，但是为什么不上楼呢?”

“因为那时我不认识您。”

“跟我这样一个姑娘还有什么好羞涩的呢?”

“是的。”

“甚至每天夜里?”

“任何时间都一样，只要您不讨厌我。”

“您管这叫什么?”

“忠心。”

“这样的忠心是从哪儿来?”

“来自一种我对您无法克制的同情。”

“这么说您爱上我了？直接说吧，这是很容易的。”

“这是可能的，但是即使我有一天对您说，那也不是今天。”

“您最好永远别对我说。”

“为什么?”

“因为这样表白只能有两种结果。”

“哪两种?”

“如果我拒绝您的爱，您就会怨恨我；如果我接受您的爱，您就有了一个多愁善感的情妇：一个神经质的女人，一个有病的女人，一个忧郁的女人，一个快乐的时候比痛苦的时候还要悲伤的女人，一个吐血的、一年要消耗十万法郎的女人。对于公爵那样的阔佬是适合的，但是对您这样一个年轻人来说是很麻烦的。我所有的年轻情人都早早地离开了我。这便是证明。”

我什么也没有回答，这是近似忏悔的坦诚，这是透过华丽外表所看到的痛苦生活。可怜的姑娘在放荡、酗酒和失眠中逃避生活的现实。这一切使我感慨万千，我一句话也说不出来。

“算了，”玛格丽特接着说，“我们不要尽说些孩子气的话，把手伸给我，我们回餐厅吧。别让他们知道我们迟迟不去的原因。”

“您高兴去就去吧，但是请您允许我留在这儿。”

“为什么?”

“因为您的快乐使我感到无比痛苦。”

“那么，我就忧伤好了。”

“啊，玛格丽特，让我对您说一件事，别人肯定也经常对您说，由于您早已习以为常，也不会把它当回事，但这的确是我的心里话，以后我永远不会跟您讲第二遍了。”

“什么事?”

她说着微笑起来，那神情好像年轻的母亲们就要听她们的孩子说出什么傻话似的。

“自从我见到您以后，不知为何，您在我的生活中就占据了一个位置，我曾想忘掉您，但是不可能，您的形象一直留在我的脑海里。两年没见您了，今天当我遇见您时，您对我的心灵和思想产生的影响更大。您今天接待了我，我认识了您，我了解您的非比寻常，您已经成为我必不可少的人，别说您不爱我，就是您不让我爱您也会使我发疯的。”

“但您有多么可怜啊，我得再说给您听普丽当丝的话。您一定很有钱！难道您不知道，我每月花费六千法郎，这种花费已经成了我生活上的需要，不用多久我就会使您倾家荡产的。您的家庭会停止供给您一切费用，以此来教训您不要和我这样的女人一起生活。像一个好朋友那样爱我吧。不要超出这个范围。您常来看看我，我们一起谈谈笑笑、聊聊天，但是用不着如此看重我，因为我是一文不值的。您心肠好，您需要爱情。您太年轻，太易动感情，不适宜生活在我们这个圈子里。您还是去找一个有夫之妇做情妇吧。您看，我是个好心的姑娘，对您坦诚相告。”

“喂，你们在搞什么鬼?”普丽当丝突然在门口叫道。她何时来的我们都没有听到。她头发零乱，裙衫也松开了，我知道这是加斯东的手作的怪。

“我们在谈正事。”玛格丽特说，“让我们再谈几句，一会儿就来。”

“好的，好的，你们谈吧，我的孩子们。”普丽当丝说着就走了。一面关上门，仿佛是为了加重她刚才说话时的语气似的。

“那么，就这样决定了。”玛格丽特在只剩下我们两个人的时候说，“您就不要再爱我了。”

“我要走了。”

“竟然到这个地步?”

走到这一步我无路再退了。况且我为这个姑娘已经失魂落魄了，她是个快乐与忧伤、纯真与卖笑的混合体，还有她的疾病使她兴奋无常、神经过敏。这一切使我知道了如果一开始我就控制不住这个水性杨花的女人，我就会失去她。

“哦，您说的可是当真？”她说。

“完全是真的。”

“那为什么不早对我说？”

“哪有机会呢？”

“就在歌剧院您被引荐给我的第二天嘛。”

“我认为如果我来看您的话，您可能不会欢迎我的。”

“为什么？”

“因为前一天晚上我有点傻里傻气。”

“这倒是不假，那时候您就爱上我了？”

“是的。”

“既然如此，您在散戏后倒还能回家去安心睡觉，我知道这种伟大的爱情是什么。”

“啊，您错了，您知道我在离开歌剧院后干了些什么吗？”

“不知道。”

“我在英格兰咖啡厅的门口等您，我跟在您和您三位朋友的马车后面，到了您家门口，我看见您独自下了车，又一个人回家的时候，我十分高兴。”

玛格丽特笑了。

“您笑什么？”

“没什么。”

“告诉我吧，我求求您，否则我会认为您还在嘲笑我呢。”

“您不会生气吗？”

“我有什么权利生气呢？”

“好吧，我一个人回家有一个很美妙的原因。”

“什么原因？”

“那里有人在等我。”

即使她给我一刀子也不会比这更让我痛苦，我站起来，向她伸过手去。

“再见。”我对她说。

“我早知道您肯定会生气的。”她说，“男人们听到使他们痛苦的事就怒不可遏。”

“但是，我向您保证，”我冷冰冰地继续说，仿佛要证明我已经完全控制住了我的激情，“我向您保证我并没有生气。那时有人在等您，那是很正常的事，就像我凌晨三点钟要告辞一样也是十分正常的事。”

“是不是在家里也有人等您？”

“没有，但是我必须走。”

“那么再见吧。”

“您打发我走吗？”

“绝对没那个意思。”

“为什么您要让我痛苦？”

“我让您受了什么痛苦？”

“您对我说那时有人在等您。”

“当我想到您看见我单独一个人回家就觉得那么高兴，而那时又有一个这么美妙的原因的时候，我就忍不住要笑出来。”

“人们经常像个孩子一样快乐，当继续保持这种快乐，使得这种快乐的人更加幸福时，再去破坏这种快乐，那就太恶毒了。”

“可是您认为是在和谁交往呢？我既不是贞女，也不是公爵夫人。我只是今天才认识您。我的行为和您有何关系？就是有朝一日我成为您的情妇，您也该清楚，除了您之外我还有别的情人。如果您现在还没有成为我的情人就吃起醋来，那以后又会如何？除非不存在这个‘以后’。像您这样的男人我从来没见过。”

“这是因为从来没有一个人像我这样爱过您。”

“好了，说实话，您很爱我吗？”

“没有比这更深的爱了，我想。”

“而这一切是从……”

“从我看见您走下马车，走进絮丝商店那天起，那是三年前的事了。”

“您讲得太美了，您知道吗？可我该怎样来回报这种伟大的爱情呢？”

“应当给我一点爱。”我的心怦怦乱跳，差点儿说不出话来。

因为尽管玛格丽特讲话的时候流露出一种含讥带讽的微笑，但我觉得她开始分担我的不安，我等待已久的时刻正在逐步逼近。

“那么，公爵呢？”

“什么公爵？”

“我那个爱猜忌的老头。”

“他不会知道一点儿情况。”

“倘若他知道了呢？”

“他会原谅您的。”

“不，他会抛弃我的，那我怎么办？”

“您为别人不也在冒这种危险吗？”

“您怎么知道？”

“您吩咐过今晚不让任何人进来。”

“这倒不假，但这位朋友很规矩。”

“您并不看重他，既然在这样的时刻您拒绝他来访。”

“这轮不到您来教训我呀，这都是为了接待你们，您和您的朋友的缘故。”

渐渐地我和玛格丽特变得亲密起来，我用双手环抱着她的腰，她轻盈柔软的身体已经在我的怀抱里了。

“您知道我有多么爱您！”我对她低语道。

“真的吗？”

“我向您发誓。”

“那好！要是您答应不干涉我的行为，放任我自由而不做任何指责，也不盘问，我也许会爱您。”

“我全都听您的。”

“但我得事先向您说明，我要无拘无束地做我高兴做的事，我不会告诉您我的生活中的琐事。我早就想找一个年轻的情人，他不任性，多情而不多心，为我所爱但对我又不加干涉。我从来没有找到过这样的人。男人们总是这样，得到了他们原来难以得到的东西，久而久之，非但不满足，反而询问他们情妇的现在、过去和将来。等到他们和情妇熟悉以后，就想驾驭她，情人越迁就，他们就越得寸进尺。如果我现在决定再找一个情人，我希望他具有三种少见的品格：信任我，听我的话，而且不多嘴。”

“您希望的一切我都能做到。”

“我们以后再看吧。”

“什么时候呢?”

“等些时候。”

“为什么?”

“因为，”玛格丽特挣脱了我的怀抱，在早晨送来的一大束红山茶花中取了一朵插进我衣服的纽扣孔里，“因为条约总不会在签字的当天就执行的。”

这是不难理解的。

“那么我何时才能再见到您呢?”我一面说，一面把她紧紧地搂在怀里。

“当这朵茶花变颜色的时候。”

“它什么时候改变颜色呢?”

“明天晚上，半夜十一点到十二点之间，您满意了吧。”

“这您还用问吗?”

“不要对您的朋友，对普丽当丝，对任何人提及这件事。”

“我答应您。”

“现在吻我一下，我们一起回餐厅吧。”

她把嘴唇凑到我的唇边，再次理理头发，我们走出房间，她是唱着歌，我则是半疯半癫。

走进客厅，她站住了，低声对我说，“我如此快就接受您的爱，您也许觉得很奇怪吧。”

“这是因为，”她把我的手紧紧地压在她的胸口，我感得她那颗剧烈跳动的心，她接着对我说，“这是因为，既然我的寿命比别人短，那么我就要让自己更快活些。”

“别再这样对我说，我恳求您。”

“啊，您不要为此难过。”她笑着接着说，“就算我只剩一点点时间，但我生存的时间总会比您爱我的时间长。”

她哼着歌走进餐厅。

“纳尼娜在哪儿?”她看到餐厅里只有加斯东和普丽当丝在一起就问道。

“她在您房间里打盹，等着侍候您上床呢。”普丽当丝回答说。

“可怜的姑娘，我把她累坏了！好了，先生们，你们走吧，时候不早了。”

十分钟以后，加斯东和我走了出来，玛格丽特握住我的手对我说再见，普丽当丝则还留在那儿了。

当我们走到户外时，加斯东问我，“您觉得玛格丽特怎么样?”

“她是个天使，我真被她迷住了。”

“我早料到了，这话您跟她说了吗?”

“说了。”

“那么她说过她相信您的话吗?”

“没有说。”

“她可不像普丽当丝。”

“她答应相信您?”

“何止相信呢，我亲爱的朋友！您可能还会怀疑，这个胖胖的迪韦尔诺瓦夫人味道还蛮好呢。”

第十一章

故事讲到这里，阿尔芒停了下来。

“请您关上窗户好吗?”他对我说，“我有点冷，是我该休息的时候了。”

我把窗户关上。阿尔芒还很虚弱，他将晨衣脱掉，在床上躺下，把头靠着枕头休息一会儿，神色好像一个因长途跋涉而疲乏或因为痛苦的回忆而激动的人。

“您可能话讲多了，”我对他说，“您是否愿意我走开让您休息？改天把您的故事结局讲给我听。”

“我讲的让您厌烦了吗?”

“完全相反。”

“那我还是接着讲，如果您让我独自留下，我也睡不着。”

当我回到家里的时候——他接着讲，无须多想，所有详情细节都深深地印在他的脑海里——我没有睡觉；我开始回味着这一天的奇遇。我和她的相见认识，她私下给我的承诺，一切都这样神速，我有时还以为在做梦呢。然而玛格丽特这样的姑娘在一个男人对她提出要求之后便答应第二天以身相许，这也许不是第一次。

尽管我有这样的想法，我未来情妇给我的第一印象是何等强烈，它将永远无法抹掉。我还是像一个普通男人一样有虚荣心，我还是自始至终认为她跟别的姑娘不一样。我对她已具有不可抵挡的魅力，就像她吸引我一样。

然而我又看到了一些互相矛盾的现象，我经常听人说玛格丽特的爱情就像商品一样随着季节价格变化。

但在另一方面，我们又看到她坚决拒绝那个年轻伯爵的要求，就是我们在他家里遇到的那个，这又怎么解释呢？也许您会说，他不讨她喜欢，何况她现在有公爵养着，生活阔绰有余。要是另找一个情人，她会找一个讨她喜欢的人，那么她为何不找聪明、有钱而又漂亮的加斯东，反而喜欢她第一次见到时感到可笑的我呢？

的确，有时候一分钟里发生的巧事比整整一年的苦苦追求还管用。

在一起吃夜宵的几个人中，只有我见到她离席而感到不安。我跟着她，内心的激动难以掩饰，我泪流满面地吻着她的手。所有这一切，再加上她生病时的两个月里我每天的探访，使她感到我确实异于众人。也许她认为用这种方式表达的爱情，她完全可以像以前那样对待。反正对她来说已经是毫不在乎这种事了。

所有这些设想，您也看得出都是极有可能的，不管她是因何而同意的，有一件事是确定无疑的，那就是她已经同意了。

我一直爱着玛格丽特，我就要得到她了。我不能再向她提其他的要求。但是我对您再重复一遍，虽说她是个妓女，但大概被我理想化了，这次爱情是一次没有希望的爱情，以致越是这个希望即将得到满足的时刻越接近，我越是疑虑重重。

我朦朦胧胧，已处于半疯状态。一时我觉得自己还不够漂亮，不够富有，不够倜傥，没有占有这样一个女人的资格；一时我为自己能占有她而沾沾自喜，扬扬自得。随后我又开始担心玛格丽特对我只是逢场作戏几天，我预感到迅速决裂的不幸。我心想晚上还是不去她家的好，而且要写信告诉她我的疑惑，然后离开她。从这个想法我一下子又转到无限的希望和无穷的信心。我做了些莫名其妙的未来之梦，我心里想要将这个姑娘肉体和精神上的创伤医好，我将和她一起度过终生，她的爱情将比最纯洁无瑕的爱情更使我幸福。

总之，我难以向您重复我那时的千思万绪，它们从我的心中涌进脑里，渐渐地消散在天明时向我袭来的睡意中。

我一觉醒来已经是下午两点钟了。天气非常好，我回想不起以往的生活中是否有过如此美好和充实的时光。昨晚的情景又浮现在我的脑海里。

我想象着今晚的欢乐与希望。我赶紧穿好衣服，心满意足。我的心因快乐和爱情不时地怦怦乱跳，我沉浸在一种美好的兴奋之中，我不再担心睡觉之前的忧虑了。我看到的只是成功，想到的只是和玛格丽特相会的时刻。

我在家里再也待不下去了，觉得房间太小，无法容纳我的幸福；我需要向整个大自然倾诉衷肠。

我走出家门。

我走过昂坦街。玛格丽特的马车在门口等她；我向香榭丽舍大街那边走去，我所遇到的行人，不管是我认识的还是不认识的，我都感到亲切！

爱情可以让人变得多么亲切啊！

我从玛尔利石马像走到圆形广场，又从圆形广场走到玛尔利石马像。一个小时以后，我远远地看见玛格丽特的车子，我并非认出了它，但猜得出来。

在香榭丽舍大街拐角处转弯时，车子停住了。一个高个子的年轻人离开了正在跟他谈话的一群人，迎上去和她交谈。

他们谈了一会儿，那个年轻人回到他朋友那儿，马车继续前进。我走近人群，认出和玛格丽特讲话的那个人就是G伯爵，我见过他的肖像，普丽当丝告诉过我，玛格丽特今日的地位要归功于他。

昨晚玛格丽特嘱咐挡驾的那个人就是他。我猜测她停下车是要向他解释昨晚不让他进门的原因，但愿这时能再找个借口请他今晚也不要来了。

我都回想不起这一天其余的时间是如何度过的；我散步，抽烟，跟人聊天。但是到了晚上十点钟，那天遇到过什么人，讲过些什么话我一点儿也记不起。

我能记起的只是我回到自己家里，花了三个小时来打扮自己，我成百次地瞧着我的钟和表，不幸的是它们走得都一样慢。

当时钟敲响十点半时，我想该出发了。那时我住在普罗旺斯街，我沿着白山街，穿过林荫大道，经过路易大帝街和马洪港街，最后来到了昂坦街。我望着玛格丽特的几扇窗户。

屋内亮着灯光。

我按了门铃。

我问看门人戈蒂埃小姐是否在家。

他回答说在十一点或者十一点一刻之前她从不回家。

我看了看表。

我原以为走得很慢，然而我只花了五分钟就从普罗旺斯街走到了玛格丽特家。

于是我就在这条冷冷清清的没有商店的街上来回徘徊。

半小时后，玛格丽特回来了。她走下马车，环顾四周，好像在找什么人似的，马车又缓缓地走开了，因为马厩和车库不在住宅内。

就在玛格丽特拉铃的时候，我走上前，对她说："晚上好。"

"啊，是您？"她对我说，在这儿碰上我她语气似乎并不高兴。

"您不是让我今天来看望您的吗？"

"哦，我忘记了。"

我早晨的幻想和白天的希望被这句话一扫而光。然而，她的这种举止行为我开始习惯了。我没有走开，若是以前，我肯定走了。我们走了进去。

纳尼娜事先已经打开了门。

"普丽当丝回来了吗？"玛格丽特问道。

"没有，小姐。"

"去通知她一声要她一回来就上这儿来，您先熄掉客厅的灯，如果有人来，就说我还没回来，今天也不回来了。"

很显然，这个女人有什么心事，或许开始厌烦某个纠缠不清的人。我简直不知所措，玛格丽特走向她的卧室，我依然待在原地。

"来吧。"她对我说。

她把帽子和丝绒大衣全都脱掉，把它们统统扔在床上，然后倒在一张大安乐椅里，靠着炉火，她吩咐这只炉子的火一直要生到春末夏初。她一边玩着她的表链，一边对我说："嗳，有什么好消息告诉我吗？"

"没有，除了我今天不该晚上来。"

"为什么？"

"因为您好像心情不太好，大概讨厌我吧。"

“您没有让我讨厌，是我病了，今天一整天都不舒服，昨天一夜没睡，头痛得厉害。”

“那我就告辞，让您睡觉，好吗?”

“啊！您可以留下来，如果我想躺下，我完全可以当着您的面躺下。”

这时候有人拉铃。

“还有谁会来呀?”她做了一个不耐烦的动作说道。

过了一会儿，门铃又响了。

“没有人去开门，还得我自己去开。”

其实她站起来要很费力了，对我说：“您在这儿等着。”

她穿过房间到外面，我听到大门的声音，再仔细一听。

她开门放进来的那个人停在餐厅里，他一开口，我就听出是那年轻的N伯爵的声音。

“今天晚上您身体好吗?”他说。

“不好。”玛格丽特毫无热情地说。

“我烦扰了您吧。”

“可能是的。”

“您为何这样接待我？我什么地方得罪您了？亲爱的玛格丽特。”

“亲爱的朋友，您一点儿也没有得罪我，我病了，我需要休息，如果您离开我，我会十分高兴的。每天晚上我回来五分钟就看到阁下光临，这简直在要我的命。您究竟要怎么样？要我做您的情妇吗？那是不可能的，我已经对您说过上百次了，您让我感到非常厌烦，您另打主意吧。今天我再对您说一遍，也是最后一遍，我不要您。就这样，再见。好了，纳尼娜回来了，她会给您照路的，晚安。”

于是，玛格丽特没有再说一句话，也不听那个青年人嘟哝什么，她回到房间，重重地把门关上，纳尼娜也跟了进来。

“你听我说，”玛格丽特对她说，“以后你只管对那个蠢猪说我不在家，或者说我讨厌看见他。看到这些人总是来向我提这种要求，我实在无法忍受了。他们认为付钱给我就可以和我两清了，如果干我们这种可耻行当的女人起初知道是这么回事，我们宁可去当女仆。但是不行啊，我们有虚荣心，经受不了衣服、马车和钻石这些东西的诱惑。我们听信了他的谗言，认为妓女也有自己的信念。我们将我们的心灵、肉体和姿色一点一点地出卖。我们被视为洪水猛兽一样可怕，像贱民一样受人轻视，包围着我们的人都是一些贪得无厌、好占便宜的人，总有一天我们在毁了别人又毁了自己之后，像一条狗似的死去。”

“好了，小姐，您平静下来吧。”纳尼娜说，“今天晚上您神经太紧张了。”

“这件裙子穿着不舒服。”玛格丽特边说边将胸衣的搭扣解开，“给我一种浴衣吧，对了，普丽当丝呢？”

“她没有回来，不过她一回来，就会有人叫她到小姐这儿来的。”

“您看，这又是一位。”玛格丽特继续说，一面脱下长裙，一面将一件白色的浴衣披上。“当她需要我的时候就来找我，却不能心甘情愿地为我效力。她知道我今晚在等她的回音，我需要它，为它心神不安，我可以肯定她一定把我的事丢在脑后自顾自去玩了。”

“可能谁把她留住了。”

“给我们拿点潘趣酒来。”

“您又要伤害自己的身体了。”纳尼娜说。

“那才好呢。再给我点水果、馅饼或一只鸡翅膀，快去给我拿，我饿了。”

这个场面给我留下什么印象无须多言了，您猜也猜得到，对不对？

“您等会儿和我一起吃夜宵。”她对我说，“您先拿本书看看，我去梳妆间一会儿。”

她点燃了枝形大烛台上的蜡烛，推开床头的一扇门，走了进去。

而我，开始思索这个姑娘的生活，我出于对她的怜悯而更加爱她了。

我一面思索，一边迈着大步来回走动在这个房间里，这时普丽当丝进来了。

“啊，您在这儿？”她对我说，“玛格丽特呢？”

“在梳妆间里。”

“我等她，对了，您很讨她的喜欢，您知道吗？”

“不知道。”

“她一点都没告诉您?”

“没有。”

“您为什么会在这儿呢?”

“我来看看她。”

“半夜三更来看她?”

“不行吗?”

“开玩笑。”

“她接待我时很不友好。”

“她会好好款待您的。”

“真的吗?”

“我给她带来一个好消息。”

“这倒很好，这么说她对您谈到过我了?”

“昨天晚上，还不如说是今天早上，在您和您的朋友走了以后，嗳，您的那位朋友怎么样？他叫加斯东吧!”

“是的。”我说。当我回想起加斯东告诉我的隐情，又看到普丽当丝竟不太清楚他的名字，我禁不住好笑。

“这小伙子挺可爱的，他是干什么的?”

“他有两万五千法郎的年金。”

“啊，真好！现在还是谈谈您的事吧，玛格丽特向我打听您的情况，您是什么人，做什么事，您以前有些什么样的情妇，反正像您这样的年轻人该打听的事她都打听了，我把我知道的全讲给她听了，还补充了一句，说您是个不错的小伙子，就这些。”

“谢谢您！现在请您告诉我，她昨天托您办什么事?”

“没什么事，她对我说，要打发走那个伯爵。但是今天她又托我办一件事，今天晚上我是来给她回音的。”

这时候，玛格丽特走出了梳妆间，妩媚地戴着一顶缀着一束黄色的缎带的睡帽，内行人把这种装饰叫作甘蓝形缎结。

她这样子真叫人心醉。

她光着脚，趿着缎子拖鞋，她刚修完指甲。

“喂，”她见到普丽当丝后说道，“您见到公爵了吗？”

“当然。”

“他对您说什么啦？”

“他给我了。”

“多少？”

“六千。”

“您带来了吗？”

“是的。”

“他有没有不高兴？”

“没有。”

“可怜的人。”

这句话，她是用一种无法表达的口气说出来的。玛格丽特接过六张一千法郎的钞票。

“来的正是时候，”她说，“亲爱的普丽当丝，您要用钱吗？”

“您知道，我的孩子，再过两天就是十五号，如果您能借我三四百法郎，您就帮了我大忙。”

“明天上午派人来取吧，现在去兑钱太晚了。”

“别忘了。”

“放心吧。您跟我们一起吃夜宵吗？”

“不了，夏尔在等我呢！”

“您还是那样狂热地迷恋着他？”

“真迷疯啦，亲爱的！明天见，阿尔芒。”

迪韦尔诺瓦夫人走了。

玛格丽特将她的壁柜打开，把那几张钞票扔了进去。

“您允许我躺下吗？”她微笑着说，同时向她的床走去。

“当然了，而且请求您上床。”

她把铺在床上的镶着镂空花边的床罩拉向床脚边就躺下了。

“现在，”她说，“过来坐在我身边，我们谈谈吧。”

普丽当丝说得没错，玛格丽特因她而高兴起来。

“您能原谅我刚才极坏的情绪吗?”她握住我的手对我说。

“我可以原谅您的一切。”

“那么您爱我吗?”

“爱得发狂。”

“我脾气不好，您也爱我吗?”

“不管怎样我都爱。”

“您向我起誓。”

“我起誓。”我柔声地对她说。

这时候，纳尼娜进来了，她拿来几只盘子、一只熟鸡、一瓶波尔多葡萄酒、一些草莓和两副刀叉。

“我没有叫人调潘趣酒，”纳尼娜说，“您还是喝葡萄酒为好，是不是？先生?”

“当然。”我回答道。玛格丽特的最后几句话还在使我激动不已，我热烈的目光盯着她。

“好吧，”她说，“把这些东西都放在小桌子上，把小桌子移到床跟前来，我们会自己吃。你已经三夜没合眼了，一定困得很，去睡吧，我们什么都不需要。”

“要不要锁上门?”

“当然要！特别要吩咐好明天中午之前不要让任何人进来。”

第十二章

清晨五点，阳光开始透过窗帘的时候，玛格丽特对我说：

“非常抱歉，我不得不赶您走了，这是没有办法的事，每天早上公爵都来，他来时别人会对他说我还在睡觉，他可能一直等到我醒来。”

我用手捧住玛格丽特的头，她那蓬松的头发披散在四周，我给她最后一吻，向她说：

“我何时再来见你呢？”

“听着，”她又说，“拿着壁橱上的那把镀金小钥匙去开门，然后将钥匙送还到这里再走。今天白天，你将收到一封信和我的吩咐，因为您知道，您应当绝对地服从我。”

“是的，不过我现在是否可以向您要点东西呢？”

“什么东西？”

“把这把钥匙给我。”

“我从来没有答应过任何人这种要求。”

“那就答应我吧，我起誓，我对您的爱与众不同。”

“那您就拿去吧，但是我事先声明，这把钥匙对您是否有用取决于我。”

“为什么呢？”

“因为门里有暗销。”

“坏东西。”

“我马上叫人拆掉它。”

“那么，您真有点儿爱我吗？”

“我也不知道是怎么回事，好像是有点儿爱你吧。现在你走吧，我非常困。”

我们相互在对方的怀里偎依了一会儿，然后我就走了。

街上一个行人也没有。这座大都市还没有醒来。柔和而清新的气息飘荡在街道上。再过几个小时，这里就要熙熙攘攘、人声鼎沸了。

这座沉睡的城市仿佛是属于我的。过去我一直羡慕有些人运气好，我逐一地回忆着他们的名字，但我想不起来有哪位比我还幸福。

被一个纯洁的少女所爱，第一个向她指示爱情的奇特的奥秘，当然是一种无可比拟的幸福，但这也是世界上最简单不过的事，赢得一颗没有谈过恋爱的心，这就好比是进入一个没有设防的城市。教育、责任感和家庭都是非常坚强的哨兵，但是不管怎样警惕都会被一个十六岁的少女欺骗。大自然通过她心爱的男子的声音对她做第一次爱情的启示，这种启示越是纯洁就越是炽热。

少女越是相信善良就越是容易失身。倘若不是失身于情人的话，至少失身于爱情。因为没有戒心，她便没有力量。所以，得到这样一个少女的爱情虽说是一个胜利，但这种胜利是任何一个二十五岁的男子想什么时候要就什么时候能够到手的。在这些少女的周围，戒备没有那样森严，修道院的围墙没有那么高，母亲们的锁链还不够牢固，宗教也没有那把这些可爱的小鸟们关在它们的笼子里的持久神力，人们甚至不愿朝笼子上抛鲜花。因此，这些姑娘们该有多么向往别人不让她们知道的外部世界啊！她们多么想听听穿过栅栏来向她们诉说这个神秘世界的声音，多么感激首先掀开这神秘帷幕一角的那只手，她们该是怎样地祝福它啊。

如果真正被一个妓女所爱，那是极其难得的胜利。她们的灵魂被肉体腐蚀了，心灵被情欲灼伤了，感情因堕落的生活而麻木不仁。她们早就听腻了别人对她们讲的话，她们也早已熟悉生意，别人使用的手腕，就是她们自身激起的爱情也被她们出卖了。她们的爱情基石不是感情，而是金钱。她们为了保护自己，精心算计，远胜过一个母亲或者修道院对一个处女的看管。她们把那些不在交易范围之内的爱情叫逢场作戏，以此调节身心，充当遁词或进行自我安慰。就像那些敲诈了成千上万的高利贷者，有一天他借给一个快要饿死的穷人二十法郎。没有要他利息、收据，就自以为可以赎清罪了。

再说，当上帝允许一个妓女萌发爱情的时候，这种爱情起初像是一种宽恕，后来几乎变成对她的一种惩罚。世界上若没有忏悔何谈宽恕。当一个谴责自己过去的女人突然感到坠入情网——一种深刻的、真诚的、不可抗拒、但又绝不相信会得到的爱情的时候，当她承认这个爱情的时候，她就被她所爱的那个男人牢牢地控制了。这个男子有多么得意！他因此认为自己坚强有力，可以有权利残酷地对她说："您的爱情跟做生意相差无几。"

此时，她们不知道怎样才能证实自己的真情。有一则寓言讲过：一个孩子总爱捉弄农民们，一直在田野里叫"救命啊，熊来了！"闹着玩儿。有一天熊真来了，那些受他愚弄的农民不再相信他的呼救声。他被熊吃掉了；这些可怜的姑娘也是如此，因为她们说谎次数太多，当她们真正萌发爱情的时候，别人不相信她们了。她们在悔恨中被自己的爱情吞噬了。

因此，也会有一些真正忠于爱情，认真从良的妓女。

但是，当一个激起这种超脱的爱情的男人用一颗宽宏的心而不计前过地接受她时，当他沉浸在这种爱情中，终于爱上她时，这个人顿时就享尽了人间所有美好的感情。经过这次爱情以后，他的心便把任何人的爱关在了门外。

在没有经历过以后发生的那些事情之前，我是不可能产生这些想法的。尽管我爱玛格丽特，但并没有隐约地看见过类似的后果。今天我才有了这些想法。一切都过去了，这些想法是从以往发生的事情中很自然产生出来的。

现在还是回到我们这段恋情的第一天吧。当我回家的时候，我心花怒放。想到在我的想象中，已经消除了玛格丽特和我之间的障碍，想到我已经占有她，想到我在她脑子里已经有了一席之地，想她房间的钥匙就在我的口袋里，并且我有使用它的权利，我感到人生非常美满，我踌躇满志，我赞美上帝——是他赐给我一切。

有一天，一个年轻人从一条街上走过，他和一个女人擦肩而过，他望了望她，转身就走了。他不认识这个女人。这个女人有她的快乐、她的悲哀和她的爱情，跟他毫无关系。对她而言，他是不存在的。如果要跟她搭话，他也许会像我被玛格丽特嘲笑一样被嘲笑。几个星期、几个月、几年过去了，当他们在不同的社会阶层中追随自己的命运，他们被机遇的必然结果突然置于对方的面前。这个女人爱上了他，成了这个男人的情妇。这两个青年从此就难分难舍，形影不离，这是怎么回事？这又是为什么？他们两个人合二为一，才刚刚开始的亲密关系对他们来说仿佛就始终存在一样，两个情人的脑海中不再有任何了。必须承认，这是很奇怪的事。

至于我，我也记不起这天晚上以前我是怎样生活过来的，这第一个晚上我们俩的谈话，回想起来，我全身舒坦。要么是玛格丽特骗人，要么她有一股突如其来的热情，在第一次接吻时这种热情就显露无遗，再说，这种热情有时如同它诞生时那样突然消失。

我越想越觉得玛格丽特没有任何理由来假装爱我，我觉得女人有两种爱人的方式，即用心灵的爱或者用感官爱。这两种方式可以互为因果。一个妇人接受一个情人往往是为了服从她感官上的需要，她不知不觉地懂得了超越肉体之爱的神秘。而年轻的姑娘只是在婚姻中寻求双方纯洁的爱情结合，后来才突然发现了肉体的爱情，这就是心灵中最纯洁感受的强烈结果。

我在浮想联翩中睡去了。玛格丽特的来信唤醒了我，信里面写着这样几句话：

这是我的命令：今天晚上在歌剧院见面，请在第三次幕间休息时来接我。

玛·戈

我把信放进抽屉里锁了起来。我这人有时候会神思恍惚，这样做以便在我生疑时手头好有个真凭实据，因为我随时有怀疑。

她没有让我在白天去看她。我也不敢去。但是我有一种想在傍晚以前看到她的强烈愿望，于是我便去了香榭丽舍大街。和昨天一样，我又在那里看见她经过，并在那里下了车。

七点钟，我来到歌剧院，我从未这么早来到剧院过。

那些包厢里慢慢地都坐满了人，只有一个包厢是空的——底层台前包厢。

在第三幕开始的时候，我听见那个包厢里有开门的声响。我几乎目不转睛地盯着那儿看，玛格丽特出现了。

她马上走到前边，向正厅前座搜寻，看见了我，就用目光向我致谢。

这天晚上她有多美啊！

她是为了我才打扮得如此漂亮吗？难道她爱我已经爱到了这般地步，认为她打扮得越是漂亮，我就越感到幸福吗？这我还不知道，但如果这是她的意图，那么她获得了成功。因为当她露面的时候，观众人头涌动，连台上的女演员也看着这个一露面就使观众倾倒的女人。

而我身上就有这个女人的房门钥匙，三四个小时以后，她又将是我的人。

人们对那些为了女演员和妓女而倾家荡产的人横加指责，真叫我感到吃惊，他们为何没有更进一步地为这些女人做出更加荒唐的事来呢？一定要像我这样地投入到这种生活里去，才能知道她们每天给情人带来多少虚荣心的满足。是这些虚荣心把情人对她们的爱紧紧地粘连在心上，除了爱，找不到别的字眼可以代替。

普丽当丝随后也坐进了包厢。还有一个男人坐在包厢后座，他就是我认识的 G 伯爵。

看到他，我的心头掠过一股寒气。

玛格丽特一定发现了我的情绪因她包厢里的男人而受影响。所以再次对我笑了笑，她背对着伯爵，似乎全神贯注地看戏。第三次幕间休息时，她转过身去，说了几句话：伯爵离开了包厢，于是玛格丽特做手势要我过去看她。

“晚上好。”当我走进去的时候她对我说，同时向我伸出手。

“晚上好。”我向玛格丽特和普丽当丝说。

“请坐。”

“可是我占了别人的位置，G 伯爵先生不再回来吗？”

“他要来的，我让他去给我买蜜饯，这样我们可以单独谈一会儿，迪韦尔诺瓦夫人是信得过的。”

“是啊，我的孩子们，”迪韦尔诺瓦夫人说，“尽管放心，我什么也不会讲出去的。”

“您今天晚上怎么啦？”玛格丽特站起来，走到包厢的阴影里搂住我，吻了吻我的前额。

“我有点不舒服。”

“您应该去睡一会儿，”她带着讥讽的神气说。她那俏皮的神色跟她那娇小玲珑的脑袋极为相配。

“去睡哪里？”

“您自己家里呀！”

“我在家里是睡不着的，这您是十分清楚。”

“那么您就不该因为看见我的包厢里有一个男人就给我脸色看。”

“不是为这个。”

“就是因为这个原因，我一看就知道。您不该这样，好了，我们不要再谈这些事了，戏散后您到普丽当丝家里去，一直等到我叫您，您明白吗？”

“明白了。”

我难道能不服从吗？

“您依旧爱着我吗？”她问。

“这还用问吗？”

“您想我了吗？”

“想了一整天。”

“您知道吗，我真的害怕爱上您，您还是问普丽当丝吧。”

“啊！”那个女胖子回答说，“那可真叫人厌烦。”

“现在您回到自己的位子上去吧，伯爵快回来了。没有必要让他在这儿看见您。”

“为什么？”

“因为您看到他心里不痛快。”

“不，不过您要提前跟我讲今天晚上想到歌剧院来，我也完全能像他一样向您提供这个包厢。”

“可惜，我并没有向他提出，是他自己给我的，还提出要陪我来。您应该非常清楚，我是不能拒绝的。我所能做的，就是写信告诉您我在哪里，好让您来看我，因为我自己也想早点看到您。既然您是这样感谢我的，那我就要记住这个教训了。”

“我错了，请原谅我吧。”

“好吧，乖乖地回到您的位子上去，尤其是别再嫉妒了。”

她再次吻了我，我便走了。

在走廊里我遇到了回包厢的伯爵。

我回到了自己的座位上。

其实，G 伯爵出现在玛格丽特的包厢里是极为自然的。他曾是她的情人，他提供一个包厢给她，他陪同她看戏，这一切都是非常自然的事情，既然我有一个玛格丽特那样的姑娘做情妇，当然我就应该容忍她的生活习惯。

那天晚上其他的时间我依然很不愉快，看到普丽当丝、G 伯爵和玛格丽特登上在剧场外等候的马车，我才难过地离开。

可是一刻钟以后我就到了普丽当丝的家里，她也刚好回来。

第十三章

“您几乎来得和我们一样快。”普丽当丝对我说。

“是的，”我毫不思索地回答说，“玛格丽特在哪儿?”

“在家里。”

“一个人吗?”

“还有G先生。”

我在客厅里快步地走来走去。

“您怎么啦?”

“您以为我在这里等待G先生离开玛格丽特家门很好玩吗?”

“您太不通情理了。要知道玛格丽特是不能让G伯爵吃闭门羹的。G伯爵早就和她有交往，他始终给她许多钱，现在还给她钱。玛格丽特一年要花费十多万法郎，她欠了好多债，只要她开口，伯爵就会将她所要的钱物给她送来，但是她不敢总是向他要她所需要的一切，伯爵每年至少给她万把法郎，她不能和他闹翻。玛格丽特非常爱您，亲爱的朋友，但是您跟她的关系，为了你们各自的利益，不该过于认真了。以您七八千法郎的年金，您是不可能供这个姑娘挥霍的，甚至不够维持她的马车费。您要合情合理地看待玛格丽特，把她当作一个聪明美丽的好姑娘对待，给他做一两个月的情人；送花、糖果和包厢给她，但是头脑里不要再有其他想法，不要跟她闹什么争风吃醋的无聊把戏了。您很清楚您在跟谁打交道，玛格丽特又不是什么贞洁妇圣女，您讨她喜欢，您很爱她，您就不用担心其他的啦。我认为您如此容易动感情是非常可爱的，您的情妇是巴黎最讨人喜欢的女人！她满身披金戴玉！但不花您一文钱，只要您愿意。然而您还不满足，真是活见鬼！您的要求也太过分了！”

“您说得没错，可我受不了。想到这个男人是她的情人，我无比痛苦。”

“首先，”普丽当丝又说，“先得看看他现在是否还是她的情人。只是用得着他而已，仅此而已。这几天，她不让他进门；今天早晨他来了，所以只好接受了他的包厢票，让他陪着去看戏，接着再送她回家，到她家里去坐一会儿。既然您在这儿等着，他不会久留的。依我看，既然您等在这儿，我觉得这一切都非常自然。再说您不是容得下公爵吗？”

“是的，可是公爵是个老头儿呀，我相信玛格丽特不是他的情妇。再说，人们通常只能容忍一个这样的关系，怎么能容忍两个呢？她的这种随便很像一种计谋，就算是为了爱情不得不这样做，就像下层社会里用这种默许的方法去赚钱的人一样。”

“啊，我亲爱的，您太死脑筋了！我见过多少人而且还都是那些最高贵、最英俊、最富有的人，我劝您做的那些事他们都在做。而且毫不费力、毫不害羞、毫无悔恨！可这种事还是天天有，而且作为巴黎的妓女，她们若不同时有那么三四个情人，您要她们如何来维持那样的排场呢？不可能有谁拥有那么大的家产来独立承担像玛格丽特那样一个姑娘的花费。一笔五十万法郎的年金在法国是巨额的财产，然而，我亲爱的朋友，五十万法郎的年金还是不够，为什么呢，一个人有这么一笔收入，他必定有一座陈设讲究的房屋，有马匹、仆人，还要应酬朋友，打猎。一般说这种人总要结婚的，他有孩子，要跑马，要赌钱，要旅行，天晓得他还要干些什么。他养成了所有这些习惯，只要放弃一项，就会被人视为破产，闹得满城风雨。如此一算，这个即使每年有五十万法郎收入的人，他一年里花在一个女人身上的钱决不能超过四万到五万法郎，这已经相当多了。那么，这个女人就需要其他情人来弥补她开支的空缺。这对于玛格丽特来说真是太幸运了，天赐良机，她遇到一个千万富翁的老头，他的妻子和儿女都死了，他的那些侄子外甥自己也很有钱。所以玛格丽特有求必应，不必付出什么代价，但即便他是如此的富有，每年也至多给她七万法郎，而且我敢肯定，如果她要得太多，尽管他家财万贯，对她又十分喜爱，他也会拒绝的。

“在巴黎，那些一年中只有两三万法郎收入的年轻人，也就是说，那些勉强能够维持他们自己那个圈子里的生活的年轻人，如果当他们成为像玛格丽特那种女人的情人时，用他们的钱甚至连付她的房租和仆人的工钱都不够。但他们不吭声，假装什么都不知道；一旦厌倦她时，就一走了之。如果他们徒慕虚荣，想负担全部开销，那就像个笨蛋似的落个身败名裂，在巴黎欠下十万法郎的债，最后跑到非洲去送掉性命完事。您以为那些女人会很感激他吗？根本不会。相反，她们会说她们为了他们，牺牲了自己的地位，还说在与他们相好的时候，倒贴了自己的钱财。啊，您觉得这些事很可耻吗？但这都是事实。您是一个可爱的小伙子，我真心喜欢您。我在妓女中生活了二十年，我清楚她们是什么人，也知道应该如何来看待她们，因此，我不愿意看到您过于认真地对待一个漂亮妓女对您的一时之爱。”

“再说，除此以外，”普丽当丝接着说，“就算玛格丽特非常爱您，因为爱您放弃了伯爵和公爵，那么她为您做出的牺牲就太大了，这是无可争辩的事实，您能为她做出同样的牺牲吗？当您厌倦她时，当您不再需要她的时候，您给她造成的损失您又能够补偿吗？什么都不可能。您只会使她与她的财产和未来所系的社会隔绝，她将她最美好的年华献给您，而您却会把她忘得干干净净。倘如您是一个庸俗的男人，那么您就会揭她过去的伤疤，对她说您也只是像她过去的情人那样离开了她而已，使她陷入悲惨的境地；或者您是一个真正的男人，认为不得不留她在身边，自己可能会陷入不可避免的灾难中，因为这种私情对于年轻人来说是可以原谅的，而对于成年人却不是这样。这种男人们的第二次、也就是最后一次的爱情，成了您一切事业的包袱，您的雄心壮志也因它不容于家庭而丧失。所以，相信我的话吧！我的朋友，您要实事求是些，按照女人的身份来对待她们，不要让一个妓女有权声称是您的债主，不管在什么方面。”

普丽当丝说得在情在理，很有逻辑，这是出乎我意料之外的。我无言以对，只是觉得她说得有道理，我向她伸出手，感谢她的忠告。

“算了算了，”她对我说，“抛开这些讨厌的大道理，开开心心做人吧，生活是美好的，亲爱的，就看您对人生抱的态度如何。喂，去问问您的朋友加斯东吧，我如此看待爱情，也是受了他的影响；这些道理您应该明白，不然您就要成为一个无趣的孩子了。因为隔壁还有一个美丽的姑娘正在不耐烦地等她家里的客人离开；她想着您，爱您，留您与她共度良宵。这一点您必须相信，否则，您真会变成一个毫无情趣的小人。来吧，我们去窗口看看伯爵，他很快会给我们让位的。”

普丽当丝打开一扇窗子，我们并肩地倚在阳台上。她望着寥寥无几的行人，而我在遐想。

听了刚才她说的一番话，我心乱如麻，但是又不能否认她说得有道理，然而我对玛格丽特的一片真情，很难和她讲的这些道理联系上，因此我不时地叹息，普丽当丝听了转回头来，耸耸肩膀，好像一位医生对一个病人感到无奈。

我心中在想：由于感觉的迅速，生命显得多么的短暂！我结识玛格丽特仅仅两天，昨天开始她才做我的情妇，但她已经深深地印在我的思想、我的心灵和我的生命里，以致这位G伯爵的来访使我痛苦万分。

伯爵总算出来了，登上他的车子，消失了。普丽当丝把她的窗子关上。

与此同时，玛格丽特在叫我们。

“快来，已经摆好了刀，”她说，“我们就要吃夜宵了。”

当我走进玛格丽特家的时候，她忙向我跑来，搂住我的脖子，使劲地吻我。

“你干吗老绷着脸？”她对我说。

“不，以后不闹了。”普丽当丝回答说，“我跟他讲了一通道理，他答应要听话了。”

“那就好了。”

我的眼睛不由自主地向床上望去，画像凌乱地放在床上，至于玛格丽特，她已经换上了白色的睡衣。

我们围坐在桌旁。

妩媚，温柔，热情奔放，集玛格丽特于一身，我常常不得不承认我没有再向她要什么的权利了，任何人处于我的地位，一定会感到无限幸福，我如同维吉尔笔下的牧羊人一样，坐享着一位天神，更可以说是一位女神赐给我的欢乐。

我认真地照普丽当丝的说法去做，要像我的两位女伴一样快活，她们的感情是自然的，我却是逼出来的，我那像哭似的神经质的微笑，她们却信以为真。

吃完夜宵后，只剩下我跟玛格丽特两个人了，她像往常一样，过来坐在炉火前的毡毯上神色忧伤地看着炉膛里的火焰。

她在沉思！想些什么？我毫无所知，我怀着恋情，几乎还带着恐惧地望着她，想着我准备为她忍受一切。

“你知道我在想什么吗？”

“不知道！”

“我在想办法，已经想出来了！”

“什么办法？”

“我还不能告诉您，但是我可以把即将产生的结果告诉你，那就是一个月后我可以自由了！我将什么也不欠了，我们可以一起到乡下避暑去了。”

“难道您就不能告诉我是用什么办法吗？”

“由我一个人来处理，”玛格丽特带着我永远无法忘却的微笑对我说，“但我们来共同分享好处。”

我不禁为“好处”这两个字而脸红了，我想起了玛侬·莱斯科和德·格里欧两人一起把B先生当冤大头的事。

我站起身来，用有点生硬的语气回答道：“我亲爱的玛格丽特，请您允许我只分享我自己构想和从事的事业的好处。”

“这是什么意思？”

“这意思是：我非常怀疑在这个美妙的办法里面G伯爵是不是您的合伙人，对于这个办法我既不负担责任，也不享受它的好处。”

“您真是个孩子。我原以为您是爱我的，我弄错了，那好吧。”

说着，她站起身，打开钢琴，重又弹奏《请跳华尔兹舞》，一直弹到著名的大调那一段，她老是在那儿停下来。

不知道她是习惯于弹这支乐曲呢，还是为了要我回想起我们那天相识的情景，一听到这个曲调以后，往事就浮现在我的脑海之中，我走过去抱住她的头亲吻。

“能原谅我吗?”我对她说。

“您瞧，”她对我说，“我们才相识两天，而有些事情我要原谅您了。您说过要绝对服从我，但您根本做不到。”

“有什么办法呢！玛格丽特，我太爱您了，哪怕是一点点念头都会使我产生嫉妒。您刚才向我提到的事情使我欣喜若狂，但是实行这个计划的神秘性却使我感到难受。”

“瞧您，冷静一点吧！”她说着握住我的双手看着我，带着我无法抵挡的动人微笑，“您爱我不是吗？那么就我们两个人在乡下过三四个月您会感到高兴的吧。我也一样，我对我们俩能过清静生活感到幸福，我不仅为此高兴，而且这种生活也有益于我的健康。要离开巴黎这么长时间，总得先安排一下我的事情，像我这样的女人很多杂事，然而我却找到了一个方法可以把一切都安排妥当，有处理好我的事情和我对您的爱情。是的，对您的爱情，请别笑，我爱您爱得发疯呢！而您现在却神气十足，说起大话来啦！真是孩子气，不折不扣的孩子气，您只要记住我爱您，其他您什么也不要管，同意吗？嗯?”

“凡事您愿意的我都同意，这您是很清楚的。”

“那么一个月以内，我们就可以到某个乡村去，在河边散步，喝鲜奶。我玛格丽特·戈蒂埃说这话，您可能觉得奇怪，这是因为，我的朋友，这种看来使我无比幸福的巴黎生活不但没令我得意忘形，反而让我厌倦，于是突然向往起童年时代的那种安静生活。不管什么样的人，人人都有童年。啊，请放心我不会对您说我是退役上校的女儿和我在圣德尼当过学生，我是一个可怜的乡下姑娘。六年前，我甚至不会写自己的名字，这样您就放心了吧。为什么我第一个找您来分享我的快乐呢？无疑这是因为我看出您爱我是为了我而不是为了您自己，而别人爱我从来都只是为了他们自己。”

“我过去经常到乡下去，但我从来没有一次像这次一心想去，对这次唾手可得的幸福我就指望您了。您对自己说吧：'她的寿命快要完结了，有一天我会后悔没有为她做她要求我做的第一件事，而且是轻而易举的事。'"

我还有什么话好说呢？尤其是我还沉浸着第一夜的恩爱，期待着第二夜到来的时候。

一个小时以后，我把玛格丽特搂在了怀里，她就是要我犯罪，我也会听她的。

早晨六点钟我要走了，在走之前我问她说："今晚见吗？"

她更用力地拥抱我，但不回答。白天，我收到一封信，上面写着这样几句话：

> 亲爱的孩子，我身体有点不适，医生要我休息，所以今晚我要尽早睡觉。但为了补偿您，明天中午我等您来。我爱您。

我想说的第一句话就是：她在骗我！

我额头上沁出一阵冷汗，我已经深深爱上了这个女人，因此这个猜疑更使我心烦意乱。

不过，既然天天都和玛格丽特在一起，发生这种事情早该在意料之中，我和别的情妇之间也经常发生这种事。但是我从来没有把它放在心上。这个女人从哪儿来的神力，竟能这般控制我生活呢？

这时候我想，既然我有她家的钥匙，我何不就像平时那样爱她看她呢？这样我可以很快得知真相，倘若我见到一个男人，我就扇他的耳光。

我到了香榭丽舍大街，在那里溜达了足有四个小时。她没有露面。晚上我跑遍了她常去的所有的戏院，她都不在。

十一点钟，我来到了昂坦街。

玛格丽特的窗户没有灯光，但我还是拉响门铃。开门人问我上哪家。

"去戈蒂埃小姐家。"我对他说。

"她还没回来。"

"我到上面去等她。"

"她家里一个人也没有。"

这显然是一道禁令，但我可以往里硬闯，因为我有钥匙，但是我怕闹起笑话来，便走了。

不过我没有回家，我无法离开这条街。我目不转睛地盯着玛格丽特的房间。我觉得要搞清楚一些情况，至少我的怀疑要得到证实。

将近午夜了，一辆我熟识的马车停在九号门前。

G伯爵从车上走下，打发走了车子。

一时间我希望有人像对我那样告诉他玛格丽特不在家，我就会看到他马上走出来。但是直到凌晨四点钟，我还在等着。

三个星期以来，我受尽痛苦，但是和那一晚的痛苦比起来，那简直不算什么。

第十四章

回到家里，我像个孩子似的哭起来。没有一个男人少于受过一次骗，他们都知道受骗后的痛苦。

我有满腔的怒火，暗自痛下决心，必须马上和这种爱情一刀两断，我急不可待地等到天明后去预订车票，回到我父亲和妹妹的身边，他们俩对我的爱是无须怀疑的，不会欺骗我。

但是，我又不愿意在没有弄清楚玛格丽特不见我的原因之前离开。作为一个男人，只有在跟他的情人恩断义绝的时候才会不告而别。

我反复思考着如何来写这封信。

我的这位姑娘和所有其他的妓女并无什么两样，我把她过分诗意化了，她对待我就像对待小学生，为了欺骗我，使用一种侮辱人的诡计，这是很清楚的事。这时我的自尊心占了上风。必须离开这个女人，但决不能让她自鸣得意地知道决裂使我感到痛苦，我用最漂亮的笔迹，眼里含着恼怒和痛苦的泪水，给她写了下面这封信：

亲爱的玛格丽特，但愿您昨天的不舒服并无大碍。晚上十一点钟的时候，我来探听过您的消息，有人回答我说，您还未归。G先生比我幸运，因为在我走后不久他就到您那里去了，直到凌晨四点还没有离开。原谅我让您度过了那些令您讨厌的时刻，但请相信，我永远不会忘记您给我的幸福时光。

今天我本想去打听您的消息，但是我要回到我父亲的身边。

再见，亲爱的玛格丽特，我既没有可以随心所欲地爱您的实力，但也不至于穷得必须按照您所希望的那样爱您。让我们都忘记了吧，对您来说是忘了一个有无皆可的名字，对我而言是忘却一个不可能实现的美梦。

我把钥匙还给您，它从未对我派上过用场，但对您会是有用的，如果您经常像昨天那样生病的话。

您看到了，如果不狠狠地讥讽她一下，我是无法结束这封信的，这说明我还是那么爱她。

这封信我反复地看了十遍，想到它会使玛格丽特痛苦，我稍稍平静了下来，我竭力使自己保持信里装出来的感情。八点钟，我的仆人进来了，我把信给他，让他马上送出去。

“要等回信吗?”约瑟夫——我的仆人像所有的仆人一样都叫约瑟夫——问我。

“如果别人问你是否要回信，你就说不知道，等着就是了。”

我希望她给我回信。

我们这些人多么可怜，多么软弱啊!

我的仆人外出期间，我陷入极度的不安之中，我回想起玛格丽特是怎样委身于我的，我自问有何权利给她写一封无礼的信。她完全可以回答我说并非G先生骗了我，而是我欺骗了G先生。一些情人众多的女人都是这样为自己辩解的。有时当我回想这个姑娘对我的誓言时，又觉得我的信还过于温和，没有足够有力的话语去刺痛一个玩弄我纯洁的爱情的女人，随后我又想还是不给她写信，而是白天到她家里去的好，这样我就会因为看到她掉泪而感到痛快。

最后我寻思她会怎样回答我，我已经打算相信她辩解的理由。

约瑟夫回来了。

“怎么样?”我问他。

“先生，”他回答我说，“夫人在睡觉，还没有醒，但是只要她拉铃叫人，就会有人把信给她；要是有回信，他们会送来的。”

她在睡觉!

有好多次我就要派人取回这封信，但是我总对自己说：“或许这封信已经交给她了。”于是我又悔恨不该写这封信。

越是接近应该收到她回信的时候，我越是后悔不该写那封信。

十点，十一点，十二点都敲过了。中午，我该去赴她的约，然而就像什么事也没有发生过，我最终还是想不出有什么办法可以摆脱紧箍着我的铁圈。

于是我产生了那种在等待时最容易相信的迷信，认为我如果出去一会儿，回来的时候就有信了。因为人们焦急地等待着的回信总是在收信人不在家的时候送到的。

我借口吃午饭上街去了。

我没有像往常那样在林荫大道拐角处的福业咖啡厅吃午饭，我宁可去王宫区吃饭。经过昂坦街，每当我远远看到一个女人，我就以为是给我送回信的纳尼娜。我走过昂坦街，却没有碰到一个送信人。我到了王宫大街，走进了韦利饭店，侍者侍候我吃饭，可以说他把能想到的菜全给我端来了，因为我没有吃。

我不由自主地始终盯着挂钟看。

我回到家里，深信马上会收到玛格丽特的回信。

看门人什么也没有收到，我还希望信已经交给仆人，但是他在我出门后没有看到谁来过。

如果玛格丽特给我写回信的话，她早就该给我写了。

于是，我备感后悔那封信里的措辞，我本该完全保持沉默，这样必定会引起她的不安，因为她看到我没有来赴约，一定会询问我不来的原因，那时我便讲给她听。如此一来，她除了为自己辩解以外，没有别的办法。而她的辩解是我所要的。我已经感到，不管她向我摆出什么辩解的理由，我都会相信的，并且都会满意，只要以后不再见到她。

我还以为她会亲自登门，但是时间一小时一小时地过去，她并没有来。

玛格丽特的确不同于别的女人，因为很少有女人在收到像我写的那样一封信时会不答复。五点钟时，我跑到香榭丽舍大街。

“倘若我遇到她的话，”我心里想，“我要装出一副无所谓的样子，那么她就会相信我已经不再想她了。”

在王宫大街拐角处，我看见她乘着她的马车经过，这次相遇是如此突然，我的脸顿时煞白，我不知道她有没有看出我内心的激动，我是那么慌张，只看到她的车子一晃而过。

我没有继续在香榭丽舍大街逗留。我看了看各家剧院的海报，因为我还有一个机会见到她。

在皇家剧院有一场首轮演出，玛格丽特是必去无疑的。

七点钟我到了剧院。

所有的包厢都坐满了，但并没发现玛格丽特。于是我离开皇家剧院，走进那些她常去的剧院：滑稽歌舞剧场、杂耍剧院、喜剧歌剧院。

她都不在。

要么我的信使她过于伤心，她连戏都不想看了，要么她怕与我见面，免得做一次辩解。

正当我在林荫道上为我的虚荣心做这种鼓励的判断时，我遇见了加斯东，他问我从哪里来。

“从皇家剧院来。”

“我从歌剧院来，”他对我说，“我还以为您会在那儿呢。”

“为什么？”

“因为玛格丽特在那儿。”

“啊，她在那里吗？”

“是的。”

“就她自己吗？”

“不，还有她一个女伴。”

“没有其他人吗？”

“G伯爵到她包厢里来了一会儿，但她和公爵一起走了。我总以为您会来的，我身边有一个座位一直都空着，我想肯定是您订的。”

“但是为什么玛格丽特到哪儿去，我也紧跟到哪儿呢？”

“因为您是她的情人，不是吗？”

“谁告诉您的？”

“普丽当丝，昨天我遇见她了。我祝贺您，朋友，这个漂亮的情妇并不是谁愿意就能弄到手的，别让她跑了，她会替您争面子的。”

加斯东这个简单的反应，说明我的敏感是多可笑。

要是我在昨天遇见他，他这样对我说，那么我绝对不会写今天早上那封愚蠢的信了。

我几乎马上就想去普丽当丝家，要她告诉玛格丽特我有话对她说，但是我又怕她为了报复而拒绝接待我。于是，我又经过昂坦街回到了家里。

我又问看门人是否有我的信。

没有。

我躺在床上想：“她可能要看看我还有什么新花样要耍，看看我是不是想收回今天早上的那封信。但是她看到我没有再给她写信，明天她就会给我写信的。”

那天晚上，我特别悔恨我做的事，我独自一人守在家里，受着不安和嫉妒的折磨。如果让事情顺其发展的话，我此刻可能正偎依在玛格丽特的身旁，听着她的绵绵情话，我总共才听到过两次这些话，此刻在我的孤寂中它们使我的耳根发热。

那时候，我觉得最可怕的就是：理智告诉我是错的，事实上，不管从哪个角度讲，都应该说玛格丽特是爱我的。第一，她打算跟我两个人单独到乡下去避暑；第二，没有任何原因逼迫她做我的情妇。我的财产是无法维持她日常开销的，甚至还难以满足她一时兴起的零星开支。那么她的愿望只是在我这里找到一种真挚的感情，可以使她在藉以为生的爱情买卖中得到安慰。然而刚到第二天她的希望就被我摧毁了，我以残酷的讥讽酬报了她给我的两夜的爱情，我的行为不但很可笑，而且很粗暴。我又没有付一分钱给她，我认识玛格丽特仅有三十六小时，我才给她当了二十四小时的情人，我就这样容易生气，我不但不感谢她给我的幸福，还想独自占有她，强迫她一下子就割断她与过去的一切关系，而这些关系着她今后的生活来源。我有什么可指责她的！没有。她写信给我说身体不适，而她本来完全可以用某些女人的那种坦率的直言对我说她有一个情人要接待。我没有相信她的来信，没有到昂坦街之外的巴黎其他街道走一走；没有和我的朋友们一起度过这个夜晚，等到第二天在她指定的时间再去会她，却扮演起奥赛罗的角色来了。我窥视她的行动，自以为不再去看她是对她的惩罚，实际上完全相反，她应该为这种分离感到高兴。她一定觉得我愚蠢到极点，她的沉默谈不上是怨恨我，而是鄙视我。

我本该送一件礼物给玛格丽特，使她无须顾虑我的慷慨，也好使我把她当作一个妓女那样对待，以免欠她的情。但我又觉得这极小的一点交易即使没有贬低她对我的爱情，起码也玷污了我对她的爱情。再说既然这种爱情是那么纯洁，容不得别人染指，那么更不能用一件礼品——不管这件礼品是如何贵重——来偿付它赐予的幸福——不管这个幸福是多么短暂。

这些就是我在这天夜里反复思忖的话，我随时准备去对玛格丽特说。

天亮了我还没睡，我发烧了，除了玛格丽特外我什么都不想。

您也懂得，我必须做出果断的决定，要么和这女人一刀两断；要么不再疑虑，如果她还愿意接待我。

但是您也知道，在下决心以前总是要犹豫再三的。我在家里待不住，又没有胆量到玛格丽特那里去，我就想法子接近她，一旦成功的话，就可以说是出于偶然，这样我也就保住面子了。

九点钟，我来到普丽当丝家，她问我为何早晨来访。

我不敢坦言相告她，我只是告诉她我一大早出门是为了在去 C 城的公共马车上订一个座位，我父亲住在 C 城。

“您真幸运，”她对我说，“能在这样的好天气离开巴黎。”

我看着普丽当丝，心想她是不是在嘲弄我。

但是她的脸是一本正经的。

“您是去向玛格丽特告别吗？”她接着说，脸上还是那么严肃。

“不。”

“您做得对。”

“您也这样认为吗？”

“当然啦，既然您跟她断交了，何必再去看她呢？”

“您知道我们完了？

“她给我看了您的信。”

"她对您怎么说?"

"她对我说：'亲爱的普丽当丝，您那位宝贝非常无礼，这种信只能在心里想想，怎么能写出来呢?'"

"她是用什么语气对您说的?"

"笑着说的，她还说：'他在我这儿吃了两顿夜宵，甚至连道谢都没有过呢。'"

这就是我的信和我的嫉妒所产生的结果。我在爱情方面的虚荣心受到了创伤和侮辱。

"昨天晚上她在干什么?"

"去歌剧院了。"

"这我知道，后来呢?"

"在家里吃夜宵。"

"自己吗?"

"我想，是跟G伯爵在一起吧。"

这样说来，玛格丽特的习惯丝毫没有因为我和她的决裂而改变。

遇到这样的情况，有些人就会对您说："决不要再去想这个不爱您的女人了。"

我勉强笑了笑说："好吧，我很高兴看到玛格丽特没有因为我而感到伤心。"

"她做得很对。您也做了您该做的事，您比她更理智，因为这个姑娘爱您，她总谈到您，甚至做得出荒唐事。"

"既然她爱我，为什么不给我写信?"

"因为她清楚爱您本身就是错误，何况女人们有时允许别人欺骗她们的爱情，但从不允许伤害她们的自尊，为一个女人当了两天的情人之后就离开她，总是会伤害她的自尊，我了解玛格丽特，她宁死也不会回信给您的。"

"那么我该怎么办?"

"到此为止，她会忘记您，您也会忘记她，你们双方谁也别埋怨谁。"

"但是如果我写信求她饶恕呢?"

“您别这样做，她会原谅您的。”

我几乎跳起来搂住了普丽当丝的脖子。

一个小时之后，我回到家里，写了封信给玛格丽特：

有一个人对他昨天写的信表示忏悔，倘若您不宽恕他。他明天就要离开巴黎，他想知道何时可以拜倒在您脚下，他何时能够单独见您。因为，您知道，忏悔应当在无人的情况下进行。

我叠起散文诗式的这封信，派约瑟夫送去。他把信交给了玛格丽特本人，她回答说她过些时候复信。

我始终待在家里，只是在吃饭的时候才出去了一会儿，一直到晚上十一点我还没有收到她的回信。

我不能再这样痛苦下去了，决定明天就动身。

由于这个决心已定，我深知即便躺在床上，我也是无法入眠的，我便动手收拾行李。

第十五章

我和约瑟夫忙了个把小时为我的起程做准备，这时，有人在门口使劲儿地拉铃。

“去不去开门?”约瑟夫问我。

“开吧。”我对他说，心想谁会在这时来我家，我不敢相信是玛格丽特。

“先生，”约瑟夫回来对我说，“是两位太太。”

“是我们，阿尔芒。”一个嗓子喊道，我听得出这是普丽当丝的声音。

我走出卧室。

普丽当丝站在那里，玩弄着我客厅的几件古玩，玛格丽特坐在长沙发上沉思。

我进去以后径直向她走去，跪下去握着她的双手，万分激动地对她说：

“宽恕我吧。”

她吻了吻我的前额对我说：

“这是我第三次原谅您了。”

“我明天就走。”

“那么我的来访怎样才能改变您的决定呢？我不是来阻止您离开巴黎的，因为我白天没有给您回信的时间，我也不想让您以为我在生气，普丽当丝还不想让我来！她说我可能会打搅您。”

“您，打扰我？您！玛格丽特！怎么可能呢?”

“当然啰！可能有一个女人在您这儿。”普丽当丝回答道，“如果看到又来了两个女人，这对她可不是好事。”

在普丽当丝发表她的高论时，玛格丽特会心地打量着我。

“我亲爱的普丽当丝，”我回答道，“您知道您说的是什么吗？”

“您这套房间布置得很漂亮，”普丽当丝继续说，“我们能否参观一下您的卧室吗？”

“当然。”

普丽当丝走进我的卧室，与其说是参观这个房间，倒不如说是要挽回她刚才说的蠢话，并且是想让玛格丽特和我单独在一起。

“您干吗要带普丽当丝来？”

“因为看戏时她陪着我，何况离开这里时也要有人陪我。”

“不是有我吗？”

“可是除了我不愿打搅您外，我担心到我的家门口时，您会要求我让您到我家去，而我不愿意因我的拒绝而使您在离开我时又有了一个埋怨我的权利。”

“为什么不能接待我呢？”

“因为我被严加监视，最小的怀疑可能给我造成最大的伤害。”

“仅仅是这个原因吗？”

“倘若有别的原因，我会对您说的，我们之间不再有什么秘密了。”

“哦，玛格丽特，我不想拐弯抹角地跟您说话，直率地说，您有点爱我吗？”

“爱极了。”

“那么您为何骗我？”

“我的朋友，倘若我是某个公爵夫人，倘若我有二十万法郎的年金，我做了您的情妇又有另一个情人，您也许有来问我为何欺骗您的权利；但是我是玛格丽特·戈蒂埃小姐，我有的是四万法郎的债务，没有一个铜子的财产，而且每年还要花掉十万法郎，因此，您的问题也不需，我也不必回答。”

“您说得不错，”我说着把头垂到玛格丽特的双膝上，“但是我疯狂地爱您。”

“那么，我的朋友，您就爱我少一些，了解我多一些。您的信使我很难过，如果我是自由的话，首先我前天就不会接待伯爵，就算接待了他，我也会来求您原谅，就像您刚才求我原谅一样。今后除了您我不会有别的情人。有一阵子我以为我可以享受到六个月的清福，您却不愿意，您一定要知道我用什么方法。唉，我采用这些方法时所做的牺牲远比您想象的要大。我本来可以对您说我需要两万法郎，您爱我，您会把它们弄到手，等以后再来责备我。我情愿什么都不麻烦您，您不理解我对您的体贴，因为这是我的一番苦心。我们这些女人，当我们还有一点良心时，我们会赋予言语和事情一种引申及发挥的含义，不是所有的女人都能理解这种含义的。因此我对您再说一遍，对玛格丽特·戈蒂埃而言，她所找到的不向您要钱又能还清债务的方法是对您的体贴，您应该享受它的好处，沉默不语。如果您今天才认识我，那么您会对我答应您的事感到非常幸福，您不会问我前天做什么事，我们有时不得不损害自己的身体来换取灵魂的满足。以后，当这种满足消失以后，我们就更加觉得痛苦不堪了。”

我带着赞赏的心情听着和望着玛格丽特。当我想到这个不一样的人儿，过去我曾渴望吻她的脚，现在她却让我看到了她的思想深处，并让我在她的生活里扮演一个角色，而我还不满足，我不禁自问，人类的欲望究竟还有没有尽头，像我这样很快获得满足之后又开始想获取别的东西了。

“这是真的，”她接着说，“我们这些受命运摆布的女人，我们有离奇的欲望和不可思议的爱情。我们时而为了这样东西，时而为了另一样东西献出自己的身体。有些人为我们倾家荡产，却毫无所获，也有些人一束鲜花就得到了我们。我们的心是变化无常的，这是它唯一的消遣和它唯一的遁词。我对您发誓，我委身于你比谁都快。为什么？因为你看到我吐血时流泪了，因为你是唯一愿意同情我的人。我要告诉你一个笑话，过去有一条狗，当我咳嗽时，它就以忧伤的眼神看着我，它是我唯一喜爱过的动物。

“它死的时候，亲娘死了我也不会比那时哭得伤心，我母亲在世时打了我十二年。就这样，我一下子爱上你，就像爱上了我的狗。如果男人们知道用眼泪能得到什么，他们就会变得更招人喜爱，我们也不会这样挥霍他们的钱财了。

“你的信否认了你自己，它告诉我你一点都不聪明。它严重地伤害了我对您的爱！比您用其他任何方式伤害得都厉害。要说这是嫉妒的结果，这也不假，但是这种嫉妒是很愚蠢的，也是很粗暴的。当我收到您的信时，我已经很伤心了，我指望在中午见到你，和你一起吃午饭，这样就能消除我心里不断萦回的想法，如果不认识您就无所谓消除不消除。”

“而且，”玛格丽特继续说，“我相信也只有在你面前，我才可以坦诚相见，畅所欲言。那些围着像我一样的姑娘转的人都喜欢对她们的一言一语追根到底，想在她们无意的行动里找出什么含义来。我们当然没有什么朋友，我们有一些自私的情人，并非像他们所说的，他们是为了我们而挥霍钱财，而是为了他们自己的虚荣心。”

“对于这些人，他们快乐的时候我们就必须高兴；他们要吃夜宵的时候，我们必须强撑身体；他们猜疑时，我们也要猜疑。我们这些人是不能有什么良心的，不然就要被嘲骂，就要被诋毁。

“我们不再属于我们自己，我们不再是有血有肉的生灵，我们在他们要求自尊时排在第一位。在他们希望尊敬时列在最末位。我们有一些女朋友，但都是像普丽当丝那样的女朋友，她们过去也是妓女，挥霍成性，但现在人老珠黄，不允许她们这样做了，于是她们成了我们的朋友，或者说是我们一起吃喝的伙伴。她们的友情甚至到了可供驱使的地步，但绝不会达到无私的程度。她们只会给你有利可图的点子，我们再多十个情人跟她们也毫不相干。只要她们能借此赚到一些衣衫和首饰，能经常乘着我们的马车外出闲逛，坐在我们的包厢里看戏。她们第二天就拿走我们前一天的花束；借用我们的开司米披肩；哪怕一点小事，她们从来不会无私相助，而要求我们双倍的谢礼。那天晚上您亲眼看到普丽当丝给我拿来了六千法郎，这是我请她到公爵那里替我要来的，她当时就借了五百法郎，这笔钱成了黄鼠狼借鸡有去无还，要么便拿一顶根本不能用了的帽子来抵债。

“因此我们，或者不如说我，只能够有一种幸福，这就是找一个地位高的男人。像我这样一个常常忧郁而且身体一直欠佳的人，唯一的幸福也就是找到一个因其超脱而不来插手我的生活的男人。我曾在公爵身上找到过，但他年事已高，而老人是既不能保护人，又不能安慰人的，我原以为能接受他给我安排的生活，但是你叫我怎么办呢？我真无聊得要命。假如一个人注定要受煎熬而死，那么跳到大火中去烧死和用煤气来毒死不都是一个样吗！

“后来我遇见了您，您年轻，热情，快乐，我试图把您变为我在孤独生活中呼唤的那个人。我爱你，但不是现在的你，而是以后应该变成我所希望的你。你不接受这个角色，认为这个角色不适合你而拒绝，那你是一个庸俗的情人，你就像别人那样，付钱给我，别再谈这些事了。”

玛格丽特说完这段长长的表白后，身子十分疲乏。她靠在沙发椅背上，为了将一阵轻微的咳嗽止住，用手帕按在嘴唇上，甚至也蒙上了眼睛。

“原谅我，原谅我，”我喃喃地说，“一切我都完全明白了，但是我愿意听你说出这些来。我最最亲爱的玛格丽特，我们只要记住一件事，把其余的丢在脑后，那就是我们彼此属于对方，我们年轻，我们相爱。

“玛格丽特，随便你把我怎样都行，我是你的奴隶，你的狗；但是看在上天的份上，撕毁我写给你的信吧，明天不要让我走，不然我会死掉的。”

玛格丽特从连衣裙的上身处把信递给我，她带着一种难以形容的微笑对我说：

“瞧！我把它给您带来了。”

我撕掉信，含泪亲吻那只递信的手。

这时候普丽当丝又来了。

“您说，普丽当丝，您知道他要求我什么事？”玛格丽特说。

“他要求您原谅。”

“没错。”

“您原谅他吗？”

“当然啰，但是他还有一个要求。”

“什么要求？”

“他要和我们一起吃夜宵。”

“您同意吗？”

“您看呢?”

“我看你们两个都是孩子，都很幼稚，但是现在我的肚子已经饿极了。你们早点讲好，我们就可以早点吃夜宵了。”

“好吧,”玛格丽特说，“我的马车能坐三人。还有,”她向我转过身来，又说，“纳尼娜就要睡觉了，您拿着我的钥匙去开门，注意别再把它丢了。”

我连连吻玛格丽特，几乎使她喘不过气来。

这时候，约瑟夫走了进来。

“先生,”他带着自鸣得意的神气对我说，“收拾好行装了。”

“全都收拾好了吗?”

“是的，先生。”

“那么，都打开吧，我不走了。”

第十六章

我本来可以简单扼要地讲给您听我们结合的起因，但是我想让您知道是经历了哪些事情，遇到了哪些曲折，我才会对玛格丽特言听计从，而玛格丽特只有和我在一起才能生活下去。就是她找我那个晚上的第二天，我把《玛侬·莱斯特》给她送去。

从那时起，因为我无法改变我情妇的生活，就改变了我自己的生活。首先我不让脑子有任何来考虑我刚才接受的角色的时间，因为一想我就会感到莫大的悲哀，我平静的生活一下子就显得嘈杂和混乱。您不要以为一个妓女对您的爱情是多么的无私，您就不必花费一文钱。她有千百种嗜好：花束、包厢、夜宵、郊游，一个情妇是永远不会拒绝这些要求的，而又是很费钱的。

我对您说过，我财产并不多。我的父亲过去是、现在仍然是C城的总收税员。他为人正直，名声极好，因此他借到担任这个职位的保证金。收税员的职务给他带来了四万法郎的年俸，任职十年以来，他已偿还了保证金，并且还替我妹妹攒下了嫁妆。我的父亲是人们可以遇见的最可敬的人。我母亲死去的时候留下六千法郎的年金，在他获得职位时就让我和我妹妹平分这笔年金，后来，当我二十一岁时，他又将一笔每年五千法郎的津贴费加在这笔小小的收入上，我一年就可有八千法郎。他对我说，如果在这笔年金收入之外，我还愿意在司法界或医务界里找一个工作的话，那么我在巴黎的日子就可以过得很舒适。于是我来到了巴黎，学习法律，考上了律师，像许多年轻人一样，我在口袋里放好我的文凭，任凭自己过起巴黎的懒散生活。我非常节俭，可是全年的收入只够我八个月的花费。夏天四个月我在父亲家里过，这样就等于我总共有一万二千法郎的年金，还给了我一个好儿子的名声，而且又没有一个子儿的债。

这就是我认识玛格丽特时的情况。

您知道我的日常开销自然而然地增加了，玛格丽特是极其任性的。有些女人把她们的生活寄托在各种各样的娱乐上面，而且完全把这些娱乐看作微不足道的花费。玛格丽特就是这样的女人。结果为了尽可能有更多的时间跟我在一起，她常常上午就写信约我一起吃晚饭，并不去她家里，而是在饭店，或者在巴黎，或者在乡间。我去接她，我们一起吃晚饭，去看戏，经常吃夜宵，每晚我要花四五千路易，这样每月的开销就有二千五百到三千法郎，三个半月内就花光了一年的收入，这样我只得借债，要不然就得离开玛格丽特。

可是我什么都可以接受，就是不能接受这后一种可能性。

原谅我给您讲这些细节听，但是您可以看到它们是后来发生情况的原因。我讲给您听的是一个真实而简单的故事，我就让这个故事保持它朴实无华的细节和它简单明了的发展过程。

我明白，世界上没有什么可以影响我，使我忘记我的情妇，我必须找到一个方法来解决我为她而增加的花费。而且，这个爱情已使我神魂颠倒，只要我离开玛格丽特就分秒难熬。我感到需要用某种情欲之火烧毁这难熬的时刻，需要它即刻消失，快得就像我不曾经历过一样。

我开始在我的小小的本金中挪用了五六千法郎，我开始赌钱了。自从取缔赌场以后，人们到处都可以赌钱。过去，当人们走进弗拉斯卡地赌场时，在那里有机会发财，大家赌现钱，输家可以自我安慰地说他们也有赢的机会；而现在呢，除了在俱乐部里，输赢还比较认真以外，在其他地方可以肯定，就算赢了一大笔钱也是拿不到手的，其原因是不难理解的。

赌钱的人，总是那些开支浩大又没有足够的钱维持他们所过的生活的年轻人。他们赌钱的必然结果是这样的：要是他们赢了，那么输家就承担那些先生的车马和情妇的费用，这是很难堪的。于是债台高筑，赌桌像台布周围建立起来的友谊在争吵声中宣告破裂，荣誉和生命总是因此受到些损伤。哪怕是个正直的人，也会被一些更正直的年轻人弄得倾家荡产，这些年轻人没有别的错误，只不过是少了二十万利弗尔的年金收入。

至于那些在赌钱时抽老千的人，迟早有一天人家会叫他滚蛋或者用惩罚来教训他们。

我投入了这种紧张、吵闹、狂暴的生活，在过去我一想到这种生活就害怕，而现在却变成了我对玛格丽特爱情的不可缺少的补充，叫我有什么办法呢？

如果我不再去昂坦街，一个人待在家里的话，我是睡不着的。嫉妒使我失眠，它燃烧着我的思想和血液，而赌博能一时转移我心中的狂热，把我的心带向一种热情，我情不自禁地投身到里面去了，一直赌到我应该去会我情妇的时间为止。这时候，从这里我就看到了我爱情的强烈。不管我是赢是输，我都无情地离开赌桌，并为那些依然留在那里的人感到惋惜，他们不能像我这样得到离开赌桌时的快乐。

对于大部分人来说，赌博是一种需求，对于我它只是一种补救的方法。

如果我不爱玛格丽特，我也不会去赌博。

因此，我在赌场上极其冷静，我只输我付得起的钱，也只赢我可能输掉的钱。

而且，我赌运不错，我没有欠债，但花销却要比我没有赌钱以前多三倍。要维持住既能满足玛格丽特的种种爱好又不让我感到生活拮据，可不是件容易的事。至于她，她始终如一甚至更深地爱我。

我刚才跟您说过，开始的时候她只在半夜十二点到第二天早晨六点之间接待我，后来不时地可以到她的包厢里与她一同看戏，后来她有时还来跟我一起吃晚饭。有一天早晨八点钟我才离开，还有一天，我一直待到中午才走。

在期待着玛格丽特精神上的转变时，她的肉体已经发生了变化。我已着手替她治疗，这个可怜的姑娘也洞悉了我的意图，为了表示她的感谢就顺从了我的劝告。我不声张，轻易地使她差不多摆脱了过去的习惯。给她看病的医生对我说：“只有休息和平静才能保持她的健康。”于是我对她的夜宵定出了合乎卫生的饮食制度，对她的睡眠规定了一定的时间。生活习惯玛格丽特不知不觉地习惯了。她感受到了它有益健康的效果。她可以在家里待上几个夜晚，或者遇上好天气的时候，就裹上一条开司米披肩，罩上面纱，我们像两个孩子似的漫步在香榭丽舍大街昏暗的街上。她回家后，感到疲乏时吃点夜宵，弹一会儿钢琴或读书，然后就睡了。这是她过去从未有过的事。从前每次听到都使我感到心痛的那种咳嗽几乎完全消失了。

六个星期以后，伯爵的问题已不存在了，他完全成了牺牲品，只有公爵还迫使我不得不隐瞒我和玛格丽特的关系，不过当我在玛格丽特那里的时候，人们经常假托她在睡觉，以不准唤醒她为由把他打发走。

结果是养成了玛格丽特需要和我待在一起的习惯，这甚至变成了一种需要，因此我好像一个老练的赌徒，恰好在该走时离开赌桌。总之，由于总是赢钱，我发现手里已有一万多法郎，这对我就像一笔用之不竭的资本。到了按惯例该回家看望父亲和妹妹的时候，我也没回去；因此经常收到他们两人要我回家的信。对他们的要求，我的回复总是以一切很好，反复说我身体很好，不需要钱。我认为这两点或许能使父亲对我迟迟不回家探亲稍许得到些安慰。

就在这个时期，一天早晨，灿烂的阳光唤醒了玛格丽特，她跳下床，问我愿不愿意带她到乡下去玩一天。

我们派人找来普丽当丝，玛格丽特要纳尼娜对公爵说，她要跟迪韦尔诺瓦太太趁这阳光明媚的天气一起到乡下去玩。随后我们三人就出发了。

有普丽当丝做伴，可让老公爵放心，她似乎天生就是适合做这种郊游的女人。她总是乐呵呵，味口很好，有她做伴决不会有片刻烦闷，而且还擅长点菜，如鸡蛋、樱桃、牛奶、火爆兔肉和巴黎郊区午餐中常有的各种食物。

我们只要知道去哪儿就行了。

我们的困难还是普丽当丝解决了。

“你们是不是想到一个名副其实的乡下去呀？”她问。

“是的。”

“那么，我们去布吉瓦尔，到阿尔努寡妇的黎明饭店去。阿尔芒，去雇一辆马车。”

一个半小时以后，我们就到了阿尔努寡妇那儿。

您可能知道这家小客栈，平时是旅店，星期天便成了可供跳舞的咖啡屋。它有一个二层楼高的花园，在那里远眺，风景非常优美：左边，马尔利引水渠围绕天际；右边，是一望无际的山丘，河水在这里几乎不愿离去，像一条闪闪发光的白色宽缎带伸展在加比隆平原和克鲁瓦西岛之间，两岸高大的杨树在随风摇曳，柳树在喃喃细语，不停地哄着小河入眠。

远处，明媚的阳光中有一座座白墙红顶的小屋，一些相隔很远的工厂，不但使人感觉不到它们无情的商业性，反而将这里的景色点缀得美丽无比。

极目远眺，是云雾笼罩下的巴黎。

正如普丽当丝对我们说，这是不折不扣的乡间，而且我还应该说，这是一顿真正的午餐。

这么说并非是为了感激这儿给我带来的幸福。布吉瓦尔虽然地名难听，却是一个让你不可思议的最美丽的地方。我旅行过很多地方，看见过很多壮丽的景色，但没有见过像这座快乐地躺在山脚下的小村庄这样迷人。

阿尔努夫人提议我们去泛舟游河，玛格丽特和普丽当丝欣然接受了。

人们总是把乡间和爱情联系起来，这是有道理的。没有比这明亮的田野或者寂静的树林里的蓝天、芳草、鲜花和微风更能和您心爱的女人相配了。一个男人不管多么强烈地爱一个女人，不管他如何信赖她，不管她的过去怎样让人对未来充满信心，他多多少少还会有嫉妒心。如果您曾经恋爱过，认认真真地恋爱过，您一定会有必须把您想完全独占的人与世隔绝的感觉。被爱的女人对她周围的一切无论如何淡然，在她接触男人们和事物时似乎会失去她的芬芳和她的单纯。这是我比别人体会更深的。我的爱情并非那种普通的爱情，我的爱与一个普通人并无不同，但爱的是玛格丽特·戈蒂埃，这就意味着，在巴黎每走一步我都可能撞见一个曾经是或第二天将是这个女人的情人的男人。至于在乡下，我们完全置身于那些我们从来没有见过，也不关心我们的人中间。在这一年一度上天的恩赐的春天里，在远离都市喧嚣的大自然中，我的爱情可以鲜为人知，我可以肆无忌惮地爱玛格丽特。

妓女的形象在这里渐渐地消失了。我身旁是一个叫玛格丽特的年轻美貌的姑娘，我爱她，她也爱我，过去已经踪影全无，未来不再有云雾。阳光照着我的情妇，就像照着最贞洁的未婚妻。我们在这富有诗意的地方散步，成双成对，这些地方仿佛让人回忆起拉马丁的诗句和斯居杜的歌曲。玛格丽特身穿一件白色的长裙，靠在我的胳膊上，在星光闪耀的夜空下重复她前一天对我说过的话。远处，城市仍在继续它喧闹的生活，丝毫影响不了我们的青春和爱情的欢乐景象。

这就是那天的骄阳穿过叶丛给我带来的梦幻。我们的游船停在小岛上，我们躺在草地上将过去束缚我们的所有的人间锁链摆脱，我任凭我的思想自由地驰骋，将它遇到的所有希望采摘。从我所在的地方，我还看到岸边有一座玲珑可爱的三层楼房，外面有一个半圆形的铁栅栏，穿过这座栅栏，屋前有一片像丝绒一般光滑的绿色的草坪。小楼后面，是一片小树林充满着神秘，那里的苔藓每天早晨都会盖没前一天走出的小径。

一些蔓生植物的花朵铺满了这座空房子的台阶，一直延伸到二楼。

我久久地凝视着这座房舍，最后竟认为它是属于我的，因为它集中体现了我的梦想啊。我在这座房子里看到了我和玛格丽特两人，白天在这座山岗上的树林之中，晚上一起坐在绿草地上，我心里在想，这个世界上难道还有什么人能像我们这样幸福吗？

“多么漂亮的房子啊！”玛格丽特对我说，她顺着我的目光看去，或许也顺着我的思路猜到了我的想法。

“在哪里？”普丽当丝问。

“在那儿。”玛格丽特指着那所房子说。

“啊，真美！”普丽当丝接着说，“您喜欢它吗？”

“非常喜欢。”

“那好！叫公爵为您租下来，我相信他会的，只要您愿意，由我来办理这事。”

玛格丽特望着我，似乎在征求我对这个建议的看法。

普丽当丝的最后几句话将我的梦幻撞得粉碎，我被重重地抛回现实中来，这一跌使我好长时间都没有缓过来。

“是啊，这个主意真不错。”我支支吾吾地说，也不知道自己在说些什么。

“那好，这件事我来安排。”玛格丽特说着握住我的手，她是按照她的愿望理解我的话的，“我们马上去看看它是否出租。”

房子空着，租金二千法郎。

“您高兴到这里来吗？”她问我说。

“我肯定能来这儿吗？”

“要是不为了您，那么我干吗躲到这儿来呢？”

“那么，玛格丽特，让我自己来租这房子吧。”

“您疯了吗？这不但没好处，而且有危险，我只能接受一个人的安排，这你非常清楚，让我来办吧，大孩子，什么也别说了。”

“如果的话，要是我一连有两天空闲，我就来和你们一起住。”普丽当丝说。

我们离开这座房子，踏上了返回巴黎的道路，一路上谈论着这个新的决定。我把玛格丽特搂在怀里，下车的时候，我已经不那么疑虑地看待我情妇的办法了。

第十七章

第二天玛格丽特老早就把我打发走了。她对我说，公爵一大早要来，并答应我公爵一离开就给我写信，告诉我晚上相会的时间和地点。

果然，白天我收到了这封短信：

我和公爵一起去布吉瓦尔，请于今晚八点钟到普丽当丝家。

玛格丽特准时回来了，并到迪韦尔诺瓦太太家里找我。

“好了，一切都办妥了。”她进来的时候说。

“租下房子了吗?”普丽当丝问。

“是的，他一下就同意了。”

“我不认识公爵，但我这样欺骗他，我感到惭愧。”

“还有!”玛格丽特说。

“还有什么?”

“我在琢磨阿尔芒的住处。”

“不是跟您住在一起吗?”普丽当丝笑着问。

“不，公爵和我在黎明饭店吃的午饭。当他在欣赏风景时，我问了阿尔努夫人，因为她自称是阿尔努夫人，是吗?我问她是否有合适的房间可出租，她恰好有一套空房间，包括客厅、会客室和卧室。我想，这样就什么都不缺了。一个月六十法郎，房间的陈设可以排遣一个多愁善感的人的忧心，我将这套房子定下了，我做得对吗?”

我紧紧地拥抱着玛格丽特。

“这太好了，”她继续说，“您有一把钥匙是小门的，我答应给公爵栅栏门上的一把钥匙，但他不会拿的，因为他要来也只会在白天。说真的，他还非常高兴我远离巴黎一段时间，我这种固执的做法，也可以使他家人少一点闲话。不过，他问我，我这么热爱巴黎，为何决定隐居乡间？我说我身体不适，需要静养。对我的话他似乎半信半疑。这个可怜的老头儿忧心忡忡。我亲爱的阿尔芒，我们要小心些，因为他会派人来监视我们的，而且他不仅要为我租房子，还要替我还清债务，我不幸欠下了几笔债。这样安排对您合适吗？”

“合适。”我回答道，尽力压住这种生活方式不时在我心中产生的种种疑虑。

“我们细心地察看了这座房子，将来我们住在那里一定非常称心，公爵想得非常周到了。啊，亲爱的，”她快乐得像疯了似的搂住我说，“您真福气，有一个为您铺床的百万富翁。”

“您何时迁入新居？”普丽当丝问道。

“越早越好。”

“您也带去车马吗？”

“我把全部家当都带去，我不在的时候，您照看这里的房子。”

一月以后，玛格丽特搬进了乡下那座房子，我就住在黎明饭店。

从此便开始了一段我很难向您描述的生活。

在她初迁新居的时候，玛格丽特难以彻底摆脱她的习性，家里总是宴请宾客，所有的女友都来看她。在整整一个月里，每天总有十来个人在她家里做客，普丽当丝也把她的相识全部带来，还请她们参观房子，好像房子是她自己的一样。

您能想得到，这一切都是公爵的钱，不过有时普丽当丝也向我索要一张一千法郎的钞票。她说是玛格丽特要的。您知道我在赌博中赢了一点钱，我赶忙把玛格丽特托她向我要的钱交给她，还生怕我的钱不够她的需要。于是我就到巴黎借了一笔钱，数目和我过去曾经借到的相同。当然我早已及时还清了过去那笔钱。

这样，我又有了一万法郎，我的津贴还不算。

然而玛格丽特接待女友的乐趣少了些，因为这种消遣开支甚大，特别是因为有时还不得不向我要钱。公爵租下这座房子本来是让玛格丽特在这里面休息的，这时也不再来了，因为总是担心碰到一大群嘻嘻哈哈的宾客，他不愿意被这些人看到。尤其因为有一天，他来与玛格丽特共进晚餐，却碰到有十四五个人在玛格丽特家里吃午饭，这顿午饭直到他觉得可以进晚餐的时候还没有吃完。他完全没有料到，打开餐厅的门迎接他的是一阵哄堂大笑，在这些无礼欢闹的姑娘面前，他只好马上退了出来。

玛格丽特离开餐桌，来到隔壁房间找公爵，竭力劝慰，想使他把这个不愉快的场面忘记。但是这已经损伤了老头儿的自尊心，他心里十分恼火。他冷酷地告诉这个可怜的姑娘，他不愿再拿出钱来给一个女人肆意挥霍，这个女人甚至不知道叫人在她家里尊重他。他十分恼怒地离开了。

从那天起，我们就再没听到他的消息。玛格丽特已经闭门谢客，改变了原来的习惯，但公爵还是杳无音讯。我却从中渔利，我的情人更完全属于我，我的梦想实现了。玛格丽特不能再离开我。她全然不顾后果如何，公然宣布了我们的关系，而我干脆住在她家不走了。仆人们称我为先生，把我当作他们正式的主人。

对这种新的生活，普丽当丝多次劝阻玛格丽特，但是她回答说她爱我，她不能没有我，不管发生什么事她都不会放弃和我朝夕相处的生活，还说所有不喜欢她这样做的人大可不必再来。

这些话是我偶然听到的。有一天普丽当丝对玛格丽特说她有极为重要的事要同她谈，她们便进了屋，我在门口。

过了几天，普丽当丝又来了。

她进来的时候我在花园里，她没有看见我。从玛格丽特迎上去的样子来看，我猜想她们又要进行一次类似上次我听到的谈话，我想再听一听。

两个女人关在一间小客厅里，我偷听着。

“怎么样？”玛格丽特追问。

“怎么样！我见到了公爵。”

“他对您说什么？”

“他说上一次的事他很乐意原谅您，但是他听说您和阿尔芒·迪瓦尔公开同居，这是他无法原谅的。他对我说：‘只要玛格丽特离开那个小伙子，那么我就像过去那样，她要什么我给什么，不然她就不应该再向我要求任何东西。’”

“您是怎么回答的?”

“我回答他我会告诉您他的决定，我答应他让您明白道理。好好想想吧，我亲爱的孩子，阿尔芒是永远无法让您得到您所失去的地位的。他一门心思爱您，但是他没有足够的钱财来满足您的需要，迟早有一天他要离开您的，到那时就太晚了，公爵再也不肯为您做什么事了。您是否同意我和阿尔芒谈谈?”

玛格丽特似乎在沉思，因为她没有回答。我等着听她的回答，我的心怦怦乱跳。

“不，”她回答说，“我决不离开阿尔芒，我也不会为了和他同居而隐藏自己，这样做可能很蠢，但是我爱他，有什么办法呢？而且他现在已经成了习惯无忧无虑地爱我，一天当中哪怕离开我一小时，他也觉得非常痛苦。还有，我也活不了太久了，不必使自己不幸，对一个老头儿百依百顺，只要看见他那样子，我也就变老了。让他留着钱吧，我不要了。”

“您今后怎么办呢?”

“我不知道。”

普丽当丝正想再说什么，我突然闯了进去扑倒在玛格丽特脚下，眼泪沾湿了她的双手，这些眼泪是因为我听到她这么爱我而高兴得流出来的。

“我的生命是属于你的，玛格丽特，你不再需要这个人，不是有我吗？难道我会抛弃你吗？我不能够报答你给我的幸福吗？不再有束缚了，我的玛格丽特，我们相爱！其余的与我们有什么关系?”

“啊，你说得对，阿尔芒，我爱你。”她低语道，用胳膊搂住我的脖子，“我爱你，我原来没想会能这么爱你，我们会幸福的，我们要安静地生活，我要告别那种使我现在感到脸红的生活，你一定不会指责我过去的生活，是吗?”

眼泪淹没了我的话语，除了紧紧地把玛格丽特搂在怀里，我一句话也说不出来。

“去吧，”她转身向普丽当丝颤声说道，“您就告诉公爵这一幕情景，并且告诉他我们不需要他。”

从这一天起，公爵已经不成问题，玛格丽特不再是我过去认识的姑娘了，只要一切会使我想起我当初遇到她时她所过的那种生活，她都尽量避免。她给我的爱任何一个妻子、任何姐妹和兄弟都不会像她那样爱我和关心我。她体弱多病，容易动感情，她断绝了朋友来往，改变了她的习惯和语言，不再像以前那样挥霍。人们看到我们从屋里出来，乘坐我买下的一艘漂亮的小船在河上游览时，再也不会想到这个穿着白裙衫、头戴大草帽、臂上搭着一件普通的丝绸外衣——用来抵御河上寒气的——女人就是玛格丽特·戈蒂埃。就是她，四个月前以奢侈和放荡而名噪一时的女人。

天哪！我们匆忙地行乐，仿佛我们已经猜到我们的幸福不会长久。

我们甚至有两个月没有去过巴黎了。除了普丽当丝，就是朱迪·迪普拉——以前我对您谈起过她，再没有人来看过我们。现在我这儿的那些令人心碎的日记，就是后来玛格丽特交给朱迪的。

我整天围着我的情人转，我们将对着花园的窗户打开，望着鲜花盛开的盛景景色，我们依偎在一起享受着玛格丽特和我从来没有领略过的真正的生活。

这个女人对一些很小的事情都会表现出孩子般的好奇。这些日子她在花园里追逐蝴蝶和蜻蜓，就像一个十岁的小姑娘。这个妓女，她过去花在花束上的钱足以养活一家人。现在有时坐在草坪上，整整一个小时观赏和她同名的朴素的鲜花。

就在那段日子里，她经常阅读《玛侬·莱斯特》。我好几次看见她在这本书上加注，她总是对我说当一个女人爱上一个男人的时候，她不可能做出玛侬做的那些事。

公爵写了两三封信给她。她将认出他的笔迹，看也不看就把信交给了我。

有几次信里的措词使我热泪盈眶。

公爵原来以为，掐断玛格丽特的财源以后，就会使她重新回到他的身边。可是当他看到这个办法不起作用时，就无法再坚持下去，他一再写信，请求她像上次一样同意他回来，不管什么条件他都可以答应。

我读完这些再三恳求的来信，撕了它们，信上所说的没有告诉玛格丽特，也没有劝告她再去看看老人，尽管对这可怜的老人的同情心使我想这么做，但是我担心她以为我劝她与公爵重归于好是要他来负担她的各种费用。不管她的爱情给我带来什么后果，我都会对她的生活负责，我特别害怕她认为我会在她对我的爱情给她造成后果时放弃我对她生活的责任。

最后公爵因收不到回信也就不再来信了。

玛格丽特和我继续一起生活，不考虑未来。

第十八章

我无法把我们新生活中的琐事无一遗漏地告诉您。这段生活对我们很有趣，我们的行为如同可爱的孩子；但对听我讲这个故事的人而言，却是不值一提的。您清楚爱一个女人是怎么回事，您知道日子过得多么快，是何等的爱情懒散地伴我们到第二天。您肯定知道共同分享和相互信赖的热烈爱情，可以把一切事物抛置脑后；除了自己心爱的女人外，别人都好像是多余的创造物。我后悔以前在别的女人身上用过一番心思，我看不出还有什么可能去握玛格丽特以外的人的手。我的头脑既不思索，也不回忆，心里只有一个念头，只要能够影响这个念头的思想都不能接受。每天我都在情人身上发现新的魅力和未感受过的快感。

人生只是为了满足持续的欲望，灵魂只是维持爱情圣火的守灶女神。

夜幕降临时，我们时常到俯瞰我们房子的小树林里去。在那里可以静听夜晚轻快的和声，两人都想着即将到来的时刻，这时刻便是我们搂抱到天亮。有时候，我们整天躺在床上，甚至都不让阳光透进房来，紧闭着窗帘，对我们而言，外部世界停止了运动。只有纳尼娜才有打开我们的房门的权利，但也只是为了给我们送东西吃；我们吃饭也不起床，而且吃的时候还不停地笑着说些疯疯癫癫的话。接着再打一会儿瞌睡，我们就像沉没在爱河里的两个顽强的潜水员，浮上水面只是为了换口气。

但是，有时候玛格丽特显得非常忧愁，有几次甚至还流泪了，这使我感到诧异，我问她为何忽然如此悲伤，她回答我说："我们的爱情并非普通的爱情。我亲爱的阿尔芒，你爱我，就像我从未属于过任何人，我担心以后你会悔恨你的爱情，把我的过去当罪恶，我怕您强迫我去重操你曾让我摆脱的旧业。想想现在我尝到的新生活的滋味，要我再去过以前的生活，我会死去的。你对我说，你永远不会离开我。”

“我向你发誓！”

听到这句话，她看着我，似乎要在我的眼里看出我的誓言是不是真诚的，然后她把头埋在我的心窝对我说：

“你不知道我多爱你！”

一天傍晚，我们倚在窗口阳台的栏杆上，望着那仿佛难以露出云层的月亮，我们听着树木被风摇得飒飒作响，我们手握着手，沉默了好一会儿，玛格丽特对我说：

“冬天到了，你希望我们离开这儿吗？”

“到哪里去？”

“到意大利去。”

“你讨厌这里了？”

“我怕冬天，我更怕回到巴黎去。”

“为什么？”

“原因很多。”

她接着往下说，但没有告诉我她为什么害怕。“你愿意离开这里吗？我把我所有的东西统统卖掉，一起到那里去生活，我过去的一切都不复存在，没有人知道我是谁，你愿意吗？”

“如果你喜欢的话，我们走吧，我们去做一次派对旅行。”我对她说，“但是为什么卖掉这些东西呢？你回来看到它们会高兴的。我没有足够的财产接受你这种牺牲，但我有足够的钱可以供我们像模像样地做一次五六个月的旅行，只要你能因此得到一点快乐。”

“还是不去，”她离开窗子接着说道，同时坐到房间暗处的长沙发上，“又何必上那里去花钱呢？我在这儿已经花了你很多钱了。”

“你是在埋怨我，玛格丽特，这可不公道啊！”

“对不起，朋友，”她向我伸出手，对我说道，“这种风雨天使我心烦意乱，刚才的话并非我的本意。”

说着她吻了我一下，随后又陷入沉思。

出现过好几次类似的情景，虽说我不知道为何会出现这种情况，但至少我发现玛格丽特对未来怀有某种不安的感觉。她不会怀疑我的感觉，我的爱情的，因为我越来越爱她了；但是我经常看到她忧心忡忡，她从来不向我解释，只是推说身体不适。

我担心她会厌倦过分单调的生活，向她提议回到巴黎去，但她总是拒绝这个建议，对我肯定地说她在任何地方都不会像她在乡间这样幸福。

普丽当丝现在不怎么来了，但是她经常来信，虽然玛格丽特一收到信就心事重重，我也从来没有要求看看这些信，我对其中的内容无从猜测。

一天，玛格丽特待在她的房间里。我走了进去，她在写信。

“你在给谁写信?”我问她。

“写信给普丽当丝，要不要我把信念给你听听?”

我厌恶所有一切带有猜疑的做法，于是我回答玛格丽特说我没必要知道她在写什么，然而我确信这封信会告诉我她为何心思重重。

第二天，天气极好，玛格丽特提出要乘船到克罗瓦西岛玩，她看上去非常高兴。我们五点钟才回到家。

“迪韦尔诺瓦夫人来过了。”纳尼娜看见我们进来时说道。

“她又回来了吗?”玛格丽特问道。

“走了，坐夫人的车子走的，她说这是约定的。”

“很好，”玛格丽特赶紧说，“准备吃饭吧。”

两天以后，普丽当丝来了一封信，以后的两星期里，玛格丽特那神秘的忧愁似乎消失了，并不断地要我原谅她那些天出现的神情。

但是马车没有回来。

“普丽当丝为何不送回你的马车?”有一天我问道。

“那两匹马中有一匹病了，车子还要修理。反正这里不必坐车子，正好趁我们不需要时治好马，修好车，省得我们回巴黎再修。”

几天以后，普丽当丝来看我们，她向我证实了玛格丽特对我讲的话。

两个女人一起在花园里散步，当我走向她们的时候，她们就扯开话题了。

晚上当普丽当丝告辞的时候，抱怨天气太冷，请玛格丽特借一条开司米披肩给她。

就这样一个月过去了，在这个月里，玛格丽特比以往任何时候都更快乐，更多情。

但是马车没有回来，披肩也没送回来。这一切使我不由得疑心重重。由于我知道玛格丽特哪个抽屉里放着普丽当丝的信，趁她在花园里的时候，我跑到这个抽屉跟前，想打开它，但这只是徒劳，它锁得紧紧的。

于是我搜寻平时放首饰和钻石的那几个抽屉，它们毫不费力就打开了，但是首饰盒不见了，当然盒里装的首饰也没有了。

一阵恐惧猛地袭上了我的心头。

我想要玛格丽特告诉我这些东西不翼而飞的真实原因，但是她肯定不会说出来的。

“我的好玛格丽特，”我对她说，“我想去一趟巴黎，那里的人不知道我在这儿，他们可能收到了我父亲的信。他一定很不安，我应该给他回信。”

“去吧，我的朋友，”她对我说，“但是要早点回来。”

我动身了。

我马上跑到普丽当丝家里。

“好了，”我直截了当地对她说，“坦白地告诉我，玛格丽特的马车到哪里去了？”

“卖了。”

“开司米披肩呢？”

“卖了。”

“钻石呢？”

“当了。”

“谁去的？”

“我。”

“为什么不告诉我？”

“因为玛格丽特不允许我告诉您。”

“您为什么不向我要钱呢?”

“因为她不愿意。”

“那么这些钱都怎么用了?”

“还债。”

“她欠很多债吗?”

“还欠三万法郎，或者接近这个数。啊，亲爱的，我早就对您说过，您就是相信我，这下可好了，原来由公爵做保的地毯商去找公爵的时候吃了闭门羹，第二天公爵写信告诉他说戈蒂埃小姐的事他已不管了。这个人来要钱，就分期付款给他，这就是我向您要的几千法郎。后来，一些好心人提醒他说公爵已抛弃了他的债务人，她正跟一个没有财产的青年过日子。其他的债主也得知了这个情况，他们都来要债，来查封玛格丽特的财产。玛格丽特想卖掉全部家私，但是为时已晚，何况我也反对她这么做。账是一定要还的，为了不向您要钱，她将马匹和开司米披肩卖掉了，当掉了首饰。买主的收据和当铺的当票您要看吗?”

于是普丽当丝打开一只抽屉让我看了这些票据。

“啊！您以为，”她用女人那种“早有先见之明”的得意劲儿接着说，“啊，您以为只要相亲相爱，到乡间过朦胧的田园生活就算万事大吉了吗?不，我的朋友，不。理想的生活必须以物质为基础，最纯洁的决心都会有一些庸俗可笑，因为铁铸成的链索把它拴在这个地上，这些链索是难以挣断的。如果说玛格丽特好多次没有欺骗您那是因为她本质好，我规劝她，这不是我的错，因为我不忍心看到一个可怜的姑娘坐吃山空。她不愿意听我的话！她回答我说，她爱您，决不可欺骗您。这真是太美了，太富有诗意了，但它总不能当钱还债。今天她再也无力应付了，除非有三万法郎，我再重复一遍。”

“好吧，这笔钱我来付。”

“您去借吗?”

“是啊，老天。”

“您可要干出好事来了，您要跟您父亲闹翻的，他们会断绝您的生活来源的。再说也不是一夜之间就能弄到三万法郎的，相信我吧，我亲爱的阿尔芒，我比您更了解女人，别干这种傻事。迟早有一天您会后悔的，理智一点。我不是叫您离开玛格丽特，不过您要像初夏时那样和她一起生活。让她找到方法摆脱困境。公爵还是会来找她的。还有 N 伯爵，他昨天还对我说，如果她接待他，她所有的债务都由他偿还，并且会每月给她四五千法郎。他有二十万法郎的年金。这对她来说总归是一个依靠，而您呢，您早晚要离开她的，不要等到破产了再离开，再说 N 伯爵是个蠢猪，继续做玛格丽特的情人这不会受到任何阻碍。开始时她会伤心一阵子的，但最后还是会习惯的，有一天还会感激您的这种做法。您就把玛格丽特当作是有夫之妇，您欺骗的是她的丈夫，就是这么回事。我以前同您说过这话，只是当时还是个劝告，而今天几乎非做不行了。”

普丽当丝一番话虽然难听，但非常在理。

“事情就是这样，”她一边收拾刚才给我看的票据一边继续往下说，“做妓女的专等人家来爱她们，而她们永远不会去爱人；否则的话，她们就要攒钱，到了三十岁时，她们就能和一个情人过奢侈的生活而不必为金钱发愁。如果我早知今日该有多好！总之，您什么也别跟玛格丽特说，带她回巴黎。您单独和她生活了四五个月，你应该知足了。睁一只眼闭一只眼，这就是对您的要求，半个月以后她就会接待 N 伯爵。这样今年冬天她就可以积蓄点钱，明年夏天你们可以再过这种生活。事情就是这样，我亲爱的。”

普丽当丝似乎很得意她的劝告，然而我愤怒地拒绝了。

不单是我的爱情和尊严不允许我这么做，而且我确信玛格丽特到这个地步，宁死也不愿意接受这种命运的。

“别开玩笑了，”我对普丽当丝说，“玛格丽特究竟需要多少钱?”

“我已经对您说过，大约三万法郎。”

“什么时候要这笔钱呢?”

“两个月以内。”

“她会有的。”

普丽当丝耸了耸肩膀。

“我会交给您这笔钱，” 我接着说道，“但是您对我发誓不要告诉玛格丽特这笔钱是我给的。”

“放心好了。”

“如果她再托您卖掉或者当掉什么东西，您就来告诉我。”

“别担心，她已经一无所有了。”

我首先回到我的住所看看是否有我父亲的来信。

有四封。

第十九章

在前三封信里，我父亲对没有得到我的回音而不安，问我是什么原因。在第四封信里，他暗示已经有人将我生活上的变化告诉他了，并通知我说不久他就要到巴黎来。

我对我的父亲始终怀有深深的尊敬和真挚的爱心。我回信说我不回信的原因是因为做了一次短途旅行，并请他预先告诉我他到的日期，以便我去接他。

我告诉了我的仆人我乡间的地址，还吩咐他一接到有 C 城邮戳的信就给我送去，随后我马上返回布吉瓦尔。

玛格丽特在花园门口等我。

她的眼神显得很忧愁。她一把搂住我，情不自禁地问我：

“你见过普丽当丝了吗?”

“没有。”

“你在巴黎待了这么久?”

“我收到几封父亲的信，我不得不给他回信。”

不一会儿，纳尼娜上气不接下气地进来了。玛格丽特站起身，走过去和她低声耳语了几句。

纳尼娜走出去后，玛格丽特重新在我身边坐下，握住我的手说：

“你为什么骗我？你去了普丽当丝家。”

“谁告诉你的?”

“纳尼娜。”

“她怎么知道?”

“她始终跟着你。”

“是你叫她跟着我的？”

“是的，你已经有四个月没有离开我了，我想你去巴黎一定是有什么重要的原因，我怕你发生了什么不幸，或是会不会去看别的女人。”

“你真是个孩子！”

“我现在放心了，我知道你做了什么事，但我还不知道你听到些什么。”

我给玛格丽特看我父亲的信。

“我问你的不是这个，我想知道的是你到普丽当丝家里去的原因。”

“去看看她。”

“你在说谎，我的朋友。”

“好吧，我去问她那匹马的病是否好了，还有她是否还需要你的开司米披肩和你的首饰。”

玛格丽特的脸刷地红了起来，但是她没有回答。

“而且，”我继续说，“我得知了你把马、开司米披肩和钻石派了什么用场。”

“那么你是在怪我吗？”

“我怪你为何没有想到向我要你需要的东西。”

“像我们这样的关系，如果女人还有一点点尊严，她应当做出必要的牺牲，也决不向她的情人要钱。不然她的爱情就跟卖淫一样。你爱我，这我完全相信，但你不知道，对于像我这样的姑娘把爱情和心系在一起的绳线是多么的脆弱。有谁知道？也许在某一个困难和烦恼的日子里，你会把我们的爱情想象成一件精心策划的买卖。普丽当丝喜欢多嘴。我要了这些马有什么用！我卖了它们可以省点钱，没有马，我同样过得不错，并且不再为它们花钱了，我唯一的要求就是你始终如一的爱情。就算我没有马，没有披肩，没有钻石，你也一定会同样爱我的。”

这些话她讲得如此轻松自然，我听着不由得热泪盈眶。

“但是，我的好玛格丽特，”我深情地紧握着我情妇的手回答说，“你应该明白，你这种牺牲，我总有一天会知道的，那时我怎么受得了。”

“为什么呢？”

“因为，亲爱的孩子，我不能让你因为爱我而失去哪怕一件首饰。我也不愿意在你感到为难或者厌烦的时候会想到，如果你跟别人同居的话就不会发生这种情况了。我不愿意你会后悔和我一同生活，哪怕后悔一分钟。几天以后，你的马匹、你的钻石和你的披肩都会归还给你，它们对于你如同空气对于生命一样是必不可少的。这也许有点可笑，但是你生活得奢华比生活得朴素更使我心爱。”

“这么说你不再爱我啦。”

“你疯了。”

“如果你爱我，就让我以我的方式爱你。相反，我就只能继续被你视为一个奢侈成性的姑娘，而总觉得不得不给我钱。你羞于接受我对你爱情的表白。你总是不由自主地想到总有一天要离开我，你试图做得巧妙以免引起我的任何怀疑。你是对的，我的朋友，但是我原来的希望还不仅于此。”

玛格丽特动了一下身子要站起来，我拦住她，对她说：

“我希望你幸福，希望你对我无可指责，就是这样。”

“那么我们就要分手了！”

“为什么，玛格丽特？谁能分开我们？”我大声说道。

“你，你不愿让我了解你的处境，你希望我保持原样好使你的虚荣心得到满足。你想保持我以前的奢侈生活，你想保持我们思想上的差距；总之，你怀疑我对你的无私的爱情，不相信我愿意和你同甘共苦。本来有了你这笔财产我们可以一起生活得很幸福，但是你宁愿把自己弄得倾家荡产，你成了偏见的奴隶。你以为我会用一辆车子和几件首饰来同你的爱情比较吗？你认为那些虚荣才是我的幸福吗？一个人心中没有爱情的时候可以满足于虚荣，但一旦有了爱情，虚荣就变得俗不可耐了。你要还我的债，你要预先支用你的财产，你要供养我！就算这样又能维持多长时间呢？两三个月？那时候再依我的办法去生活就为时已晚了，因为到那时你要接受我的一切，这是一个重视荣誉的男人不可能做的。现在每年你有八千到一万法郎的年金，靠这些钱我们就能过日子了。我将我多余的东西卖掉，光靠卖东西我每年可以得到两千法郎。我们去租一套漂漂亮亮的小公寓，两个人住在里面。夏天我们到乡下玩玩，不是住在像现在的房子里，而是住进一所两人够住的小屋。你无所牵挂，我自由自在，我们年纪还轻，看在上天的份上，阿尔芒，不要把我抛回到原先我被迫所过的生活中去。”

我无言以对，感激和爱情的泪水涌满了我的眼睛，我扑进玛格丽特的怀里。

“我原来想，”她接着说，“瞒着安排好一切，还清我的债，叫人布置好我的新居。到十月份，我们回到巴黎的时候，一切都已就绪；不过既然普丽当丝全都告诉你了，就该事先征求你的同意，而不是事后。你是不是非常爱我，同意我这样做？”

对如此真挚的爱情怎么可能拒绝，我狂热地吻着玛格丽特的手对她说：

“你愿意怎样就怎样做。”

她的决定就这样商定了。

于是她快乐得像发了疯似的，她跳啊，唱啊，为她简朴的新居而高兴。她已经和我商量该在什么地区找房子，怎样布置新舍。

我看到她对这个主意既高兴又骄傲，似乎如此一来我们就可以永不分离似的。

可是我不愿意欠她的情。

片刻间我对我的生活做出了决定。我把我的财产做了安排，把我从母亲那里得来的年金赠给玛格丽特，但我觉得还远远不足以偿还她为我做出的牺牲。

我自己留下了从父亲那里得到的每年五千法郎津贴，无论发生什么事情，靠它来过日子也足够了。

我没有告诉玛格丽特我的决定，我怕她会拒绝这笔赠送。

这笔年金来自一座价值六万法郎的房子的抵押费。我从未见过这座房子。我所知道的只是每个季度我父亲的公证人——我们家的老朋友，将七百五十法郎交给我，我给他一张简单的收条。

在玛格丽特和我回巴黎去找房子的那天，我找了这位公证人，问他我要把这笔年金转让给另外一个人我应该办些什么手续。

这位好心人以为我破产了，问我为什么做出这个决定，因为我早晚得告诉他谁是这次转让的受益人，我想最好还是立即如实告诉他。

他没有对我提出任何异议，作为公证人和朋友的他是有权对我这样做的。他向我保证他尽量替我安排好一切。

我当然叮嘱他在我父亲面前要严守秘密，随后我来到了玛格丽特身边，她在朱迪·迪普拉家里等我。她宁可到朱迪·迪普拉家也不愿去普丽当丝家听她的教训。

我们开始找房子。我们所看过的房子，玛格丽特全都认为太贵，而我却觉得过于简陋。不过最后我们意见统一了，我们在巴黎一个最安静的城区里租下了一座小屋。

小屋的后面还附有一个美丽的小花园，花园四周的围墙高低适宜，既能把我们跟邻居隔开，又不妨碍视线。

这比我们原来希望的要好。

我回我住处退房子的时候，玛格丽特去找一个商人，据她说，这个人曾经为她的一个朋友办过一些她现在去请他办的事。

她喜形于色地回到普罗旺斯街来找我。那个人答应收下她所有的家具，还清她所有的债务，结清债务后再给她大约二万法郎。

您非常清楚，从出售的价格来看，这个老实人大概赚了他主顾三万多法郎。

我们兴高采烈地回到布吉瓦尔，我们继续谈论着未来的计划。由于我们无忧无虑，尤其是我们深情似海，我们总觉得前景无限美好。

一周后，我们还在吃午饭时，纳尼娜来告诉我说，我的什么人要见我。

我叫他进来。

“先生，”他对我说，“您父亲来巴黎了，他请您即刻回家，他在那里等您。”

这个消息本来是很稀松平常的事，然而玛格丽特和我听了却面面相觑。

这件事使我们预感到即将发生不幸。

因此，尽管她没有告诉我我们所共有的想法，我把手伸给她，回答她说：

“什么也别怕。”

“你尽早回来。”玛格丽特吻着我低语道，“我在窗口等你。”

我派约瑟夫回去对我父亲说我马上就到。

两小时之后，我来到普罗旺斯街。

第二十章

我的父亲穿着睡衣，坐在我的客厅里写信。

我走进去时，通过他抬眼看我的神色，一下明白要发生严重的事情。

但是我装作没看到，走上前去抱吻了他。

“您是何时到的，爸爸?”

“昨天晚上。”

“您还是像以前一样，一下车就到我这里了吗?”

“是的。”

“没有去接您我很抱歉。”

我预料到这句话说完后，我父亲那冰冷的面孔所预示的教训马上就会发作。但是他什么也没说，将他刚写好的那封信封好，交给约瑟夫去寄掉。

只剩下我们两人在屋时，父亲站起来靠在壁炉上对我说：

“亲爱的阿尔芒，有些严肃的事情我要跟你谈谈。”

“我听您的，父亲。”

“你答应我说实话吗?”

“我从来不说假话。”

“你同一个叫玛格丽特·戈蒂埃的女人同居，这是真的吗?”

“真的。”

“你知道她是一个怎样的女人吗?”

“一个妓女。”

“就是因为她今年才忘记来看我们——你的妹妹和我?”

“是的，爸爸，我不否认。”

“那么你很爱这个女人啰?”

“父亲，您是看得出的，既然她使我没有履行一项神圣的义务，今天我恳切地请您原谅。”

我父亲没有料到我会如此爽快地回答他，因为他似乎考虑了一会儿，后来他对我说：

“你显然已经明白你总不能一直这样生活下去?”

“我曾经担心过，爸爸，但是我不知道什么原因。”

“你应该明白，”我父亲以更加生硬的口气接着说，“我是无法容忍的。”

“我想只要我不败坏门风，有辱家誉，我就可以像我现在这样过日子，正是这些想法才使我稍许安心了些。”

激动可使人变得敢于和感情对抗，为了保住玛格丽特，我准备进行一切抗争，即便是我的父亲。

“那么现在是改变你生活方式的时候了。”

“啊，为什么呢？爸爸。”

“因为你现在做的一些事正在辱没你家庭的尊严。”

“我不明白您这些话的意思。”

“我跟你解释。你有一个情妇，这很好；你像一个时髦人那样养着一个妓女，这也无可厚非；但是你若为了她忘记了最神圣的事情，让你糜烂的生活丑闻一直传到我的家乡，有辱我家的门楣，这是不行的。以后不准这样。”

“父亲，请允许我对您说，那些向您这样介绍我情况的人自己都没有弄清楚。我是戈蒂埃小姐的情人，我和她同居，这些事非常普通。我并没有给戈蒂埃小姐从您那承袭的姓氏，我为她花费的钱，是我的收入允许范围之内，我没有欠债，总之我的行动没有任何一点值得一个做父亲的向他儿子说您刚才对我说的这番话。”

“父亲总是有权要他的儿子离开他看见他走上的邪路。你还没有做什么坏事，但你以后会做的。”

“父亲!”

“先生，我比你更清楚人生，只有在完全贞洁的女人那里才有完全纯洁的情感。任何一个玛侬都会有一个德·格里欧的。现在时代和习俗已经改变了。世界如果不改正自己的恶习那就是枉长岁月，你必须离开你的情妇。”

“很遗憾，我无法遵从你的命令，父亲，这是不可能办到的事。”

“我要强迫你同意。”

“不幸的是，父亲，不再有放逐妓女的圣—玛格丽特岛，就算还有的话，如果您叫人把戈蒂埃小姐放逐到那儿，我也会随着她去的。您说怎么办？也许是我错了，但我只有继续做这个女人的情人才能幸福。

“啊，阿尔芒，您要睁大眼睛看看清楚，您得承认您父亲，只希望您幸福。对您而言，和一个被众人玩弄过的女人姘居，这难道是光荣的事吗？”

“只要她以后不跟人家睡，那又有何关系呢？只要这个姑娘爱我，只要她由于我们相互的爱情而得到新生，总之，只要她改邪归正就没有任何关系！”

“啊！先生，那么您认为一个有身份的男人，使妓女改邪归正才是他的任务吗？您以为上帝给予人生的就是这个荒唐的目的而不该有其他热心的事业吗？这种不可思议的关心能有什么结果呢？当你四十岁的时候，这种神乎其神的治疗将会得到什么样的结果呢？您将会怎么想您今天讲的话？您会笑对您对她的爱情，如果那时您还笑得起来，如果这场情爱没有在您过去的生活中留下太深痕迹的话。如果您父亲过去也跟您一样，任凭他的一生被这类爱情所摆布，而不是把它牢牢地建立在荣誉与崇高的思想上，那您现在会成什么样呢？您想一想吧，阿尔芒，别再讲这些蠢话了。好吧，离开这个女人，您的父亲求您了。”

我什么也不回答。

“阿尔芒，”我父亲接着说，“看在您圣洁的母亲份上，相信我，放弃这种生活。您马上会忘记她的，您已经二十四岁了，想想未来吧。你不可能永远爱这个女人，她也不可能永远爱您。被你们两个夸大了，您断送了一生的事业。再走一步您就会陷入泥坑无法自拔。将来您会为您青年时代后悔一辈子的，走吧，和您妹妹一起过一两个月。休息和家庭的温暖很快就会医好您这种狂热，因为这仅仅是一种狂热罢了。在这段时间里，您的情妇会照料自己的，她将会另找一个男人。而当您看到您几乎为了这样一个女人跟您父亲闹翻，失去他的慈爱，您会对我说我来找您是对的，您会感激我。好了，您会走开的，对吗？阿尔芒。”

我觉得我父亲的话对所有其他的女人来说是对的，但是我深信他的话对玛格丽特来说却是错的。然而他跟我说最后几句话的语气是那样的温柔，那样的恳切，我都不敢回答他。

“怎么样？”他带着激动的声音说道。

“是这样，父亲，我不能答应您所有要求。”我终于说，“您对我的要求超过了我的能力，请相信我。”我看见他做了一个不耐烦的动作，我接着说道：“您也把这种关系的后果过于夸大了。玛格丽特并不是您想象中的那种姑娘。我们的爱情，不仅决不会把我抛到邪路上，相反能在我身上发展成最崇高的感情。真正的爱情始终是使人上进的，不管激发这种爱情的女人是什么样的人。倘若您认识玛格丽特，您就会明白我没有任何危险。她像最高尚的女人那样高尚，别的女人身上有多少贪婪，她身上就有多少无私。”

“然而她还是无私地接受了您的全部财产，因为您把从母亲那儿得到的六万法郎全都给了她。记住我对您说的话，这六万法郎是您唯一的财产。”

我父亲很可能有意最后讲这句威胁的话，当作对我的最后一击。

我在他的威胁面前比在他的恳求面前更加坚强。

“谁告诉您我要把这笔钱送给玛格丽特？”我接着说。

“我的公证人，一个正直的人能在告诉我之前做出这等事吗？好了，我正是为了阻止你因一个女人弄得身无分文才来到巴黎的。您母亲在临死的时候留下了这笔钱给您是让您规规矩矩地生活，而不是让您在情妇面前摆阔气的。”

“父亲，我向您发誓，这件事玛格丽特根本就不知道。”

“那您为何要这样做呢？”

“因为玛格丽特，这个被您污蔑，这个您要我抛弃的女人，为了和我同居牺牲了她所有的一切。”

“你就接受牺牲？你是什么样的人？先生，竟好意思让一位玛格丽特小姐为你做牺牲？好了，够了，你必须抛弃这个女人，刚才我是求你，现在我是命令你这样做。我不愿在我的家里有这种卑鄙的行为，整理你的行李，准备跟我走。”

“请原谅，父亲，”我说，“我不走。”

“因为……”

“因为我已经到了可以不再服从命令的年龄了。”

听到这话，我的父亲变得脸色苍白。

“很好，先生。”他又说，“我知道我该怎么办。”

他拉响了铃。

约瑟夫走了进来。

“把我的箱子送到巴黎旅馆去。”他对我的仆人说，一面走进他的卧室去穿衣服。

当他走出来时，我迎向前去。

“父亲，您答应我，”我对他说，“不做任何伤害玛格丽特的事，好吗？”

我父亲站定了，轻蔑地看着我，只是回答我说：

“我看您是疯了。”

然后，他走了出去，猛地关上门。

我也跟着下楼了，搭上一辆双轮马车回布吉瓦尔去了。

玛格丽特正在窗前等我。

第二十一章

“您看完啦?” 当我读完几页日记后阿尔芒问我。

“我的朋友，倘若我读到的全是真话，我就明白您这么痛苦的原因了。”

“一封我父亲的来信也使这些情况得以证实。”

我们又谈论了一会儿这个女子的悲惨命运，然后我回到家里休息了一会儿。

阿尔芒始终很伤心，但自从讲完这个故事后心情轻松了许多，身体也恢复了健康。我们一同去拜访了普丽当丝和朱迪·迪普拉。

普丽当丝刚刚破产，她告诉我们说玛格丽特是她破产的原因。还说玛格丽特生病期间向她借了许多钱，但只给了她一些无法使用的票据；玛格丽特死了，也没有还钱，也从没给她收据，否则她可以凭收据算是债权人。

迪韦尔诺瓦太太到处散播这个无稽之谈，为她经济拮据寻找托辞。她向阿尔芒要了一张一千法郎的钞票，她的话阿尔芒并不相信，但还是很愿意装出相信的样子，因为他对于所有接近过他情妇的人都怀有深深的敬意。

随后我们到了朱迪·迪普拉的家里，她把她亲眼目睹的惨事向我们讲述了，在想起她朋友的时候流下了真诚的眼泪。

最后，我们去玛格丽特的坟上扫墓。在那里，四月最初的阳光催绽着初生的绿叶。

阿尔芒还有最后一件事必须要办，就是去他父亲那儿，他还希望我能陪他去。

我们抵达C城，在那里我见到了迪瓦尔先生，恰如他的儿子向我描述过的那样：身材高大，神态庄重，待人和气。

他含着幸福的眼泪欢迎阿尔芒先生，亲切地和我握手，我很快就发现了在这个税务官身上，父爱高于一切。

他的女儿名叫布郎丝，眼睛晶莹，目光清澈，还有一张显得娴静的嘴，表明她灵魂里只有圣洁的思想，嘴里只讲虔诚的话语。她笑盈盈地欢迎哥哥的归来，这位纯洁的年轻姑娘怎么知道在远离她的地方有一个为了她牺牲了自己幸福的妓女。我在这个幸福的家庭里住了几天，全家都为这个归来时心灵创伤刚刚平复的人忙碌着。

回到巴黎，我按照我听到的那样写下这个故事。真实是它唯一的优点，不过可能会引起争议。

我并不期望从这个故事得出这样的结论：只要像玛格丽特那样的姑娘都可能会像她那样做。事实上，并非如此。但是我知道她们之中有一位姑娘在她的生命中曾产生过一种严肃的爱情，她因此而受尽苦难，也因此而亡命。我把我知道的情况讲述给读者。这是一种责任。

我并不是在宣扬淫乱邪恶，但是无论在何地听到有这种高贵的受苦人在祈求，我都要为之做宣传。

我再说一遍，玛格丽特的故事非同一般，如果它带有普遍性的话，似乎也就没有把它写出来的必要了。